Abstürzen

Christian Habuch

Abstürzen

Roman

Dittrich

Satz: Gaja Busch
Umschlaggestaltung: Guido Klütsch
Printed in Germany

ISBN 978-3-943941-90-6

Inhalt

Teil eins

Teil Zwei

1. Anne

Meine Cousine Anne aus den USA, die ich zum ersten Mal bei meiner Großmutter sehe, steht nackt drei Meter vor meinem Bett in dem dunkel beleuchteten Raum, in dem früher fünf Kinder ihre Nächte verbrachten. Sie ist wohl dreizehn oder vierzehn Jahre alt, ich bin zwölf und bekomme bei ihrem Anblick eine Erektion. Als sie das Zimmer verlässt, passiert es nach kurzer Zeit: ich habe meinen ersten Orgasmus. Das erste und auch letzte Mal, bei dem ich einfach nur so da liege und mich noch nicht einmal berühren muss – ein großartiges Gefühl.

Ich spüre nur noch mich, ich denke an nichts mehr.

2. Bilder

Am Rand des Grabens eines Feldweges finde ich mit einem Kumpel namens Mario beim Spielen Magazine mit Bildern von nackten Schönheiten. Zwei große Plastiktüten voller geschmackloser Schrotthefte, unter denen sich glücklicherweise ein Paar amerikanischer Penthouseexemplare befinden, in denen echt hübsche Frauen splitternackt und aufregend posieren. Die Hefte können da noch nicht so lange liegen, denn sie sind noch nicht einmal feucht. Mario merkt nicht, wie ich mir die guten Hefte unter den Nagel reiße, in den Hosensaum stecke und später mitnehme. Zuhause hinter verschlossenen Türen schneide ich ein »Best-of« aus diesen Nobelmagazinen aus, die dann im passenden Moment zum Einsatz kommen, der Rest wandert in den Müll eines Nachbarn.

3. Mädchen

Im frühpubertären Alter von dreizehn Jahren steht ein Schulwechsel bevor, weil mein Vater, ohne mich und meine Schwester zu fragen, ein großes und altes Haus mit reichlich Garten in einem Vorort unserer überwiegend hässlichen Stadt gekauft hat.

Mit dem Fahrrad mach ich mich auf den Weg, um mir das Haus anzusehen und die Gegend zu erkunden, obwohl ich nur den Straßennnamen, aber nicht die Hausnummer unseres neuen Heims kenne. In der richtigen Straße angekommen, fällt mir ein schönes unbewohntes Haus ins Auge. Das ist ja gar nicht so übel, denke ich.

Sicherheitshalber fahre ich die Straße noch weiter runter und da steht es: ein großes schrottiges Haus ohne Farbe, mit uralten Fenstern und einem total verwilderten Garten. Manno, das kann doch nicht wahr sein. Wie ich meinen Vater kenne, hat er dieses Objekt für seine Familie ausgesucht und gekauft. Es ist eine Frechheit von ihm, für die ganze Familie zu entscheiden, aber es ist eh zu spät.

Das neue alte Haus zu renovieren, ist eine Sauarbeit und wir – Papa, Mama, Schwester, helfende Bekannte und ich – werden wahrscheinlich niemals damit fertig. Wir tragen Unmengen an gefüllten Einmachgläsern aus dem Keller zu einem großen Müllcontainer, und wenn ein Glas kaputt geht, stinkt es höllisch. Im Garten sind hunderte Kümmerlingflaschen vergraben, die wir alle ausgraben müssen, weil es sonst wegen der Scherben bei der Gartenarbeit zu gefährlich ist.

Die ältere Dame, die hier wohnte, hatte eindeutig ein kleines Alkoholproblem.

Freunde und Bekannte von meinem Vater, unter denen auf einmal auch Elektriker, Maurer, Tischler und, wichtig für das Arbeitsklima, ein Psychologe sind, helfen beim Renovieren des Hauses und werden dafür anständig bezahlt.

So was nennt man Schwarzarbeit, es ist verboten, aber keiner kontrolliert das. Ich kann dort auch arbeiten und ganz gut Geld verdienen.

Auf jeden Fall befindet sich in diesem Vorort eine Mega-Schule mit knallbunten Gebäuden, die ich nun besuchen muss und in der ich schon nach kurzer Zeit zahlreiche Liebesbriefe zum »Ja«- oder »Nein«-ankreuzen bekomme, von schönen und auch leider nicht so schönen Mädchen. In meiner Ex-Schule lief das nicht so gut. Die eine hatte Angst vor dem Küssen und bei der Nächsten ergriff ich dummerweise noch vor dem ersten Treffen bei ihr zu Hause die Flucht, sie war traumhaft.

Ein Wunder, wie einfach es die Mädchen sich hier machen, mich per Ankreuzbrief erobern zu wollen. Das ist doch gar nicht spannend und romantisch. Ich reagiere auf diese zu simple Art der Kommunikation nicht, sondern nehme mir Zeit, die Schönste aller Schönen in Ruhe auszuwählen.

Da gibt es eine wunderbare langhaarige Blondine namens Tine, mit einer Figur von der man eigentlich nur träumen kann. Mein Freund, ein Franzose, der ja in den Genen verankert hat, wie so was funktioniert, organisiert ein Treffen mit Tine und ihrer Freundin, auf die er scharf ist, bei ihm zu Hause. Seine Eltern sind so sehr mit ihrer Arztpraxis beschäftigt, dass die komplette Nobelwohnung, die in einem Hochhaus mit coolem Swimmingpool liegt, den ganzen Tag sturmfrei ist. Der Franzose spricht, abgebrüht wie er ist, die zwei hübschen Mädchen auf unserem Schulhof an, fragt sie, ob sie Lust auf einen netten Nachmittag mit Kochen und eventuell auch Schwimmen haben und berichtet mir stolz von seinem Erfolg. Die beiden haben zugestimmt und zwei Tage später liegen wir vier auf einem Bett und hören aktuelle Musik mit heftigen, unter die Gürtellinie zielenden deutschen Texten. Der Franzose hat sie aus Berlin, wo er vorher wohnte, mitgebracht. Wir kochen zusammen Spaghetti, in die wir geschlagene Eier mit Salz einrühren. Schwimmzeug haben die beiden dabei und wir gehen nach dem edlen Spaghettiessen und kurzer Verdauungsphase alle in den Pool im Keller schwimmen. Als ich Tine in ihrem blauen Badeanzug sehe, falle ich vom Glauben ab, weil sie absolut perfekt, besonders an den Stellen, die ich noch nicht gesehen habe, gebaut ist und sich dabei ganz locker gibt.

Wir treffen uns weiterhin zu viert, hören Musik, schmusen und küssen uns und ich glaube, Tine erwartet, dass ich sie an gewissen Stellen berühre. Ich will das auch, bin aber zu schüchtern, zu blöd, zu unerfahren.

Nach einigen Wochen zerfällt die Beziehung zu Tine, die sich einem anderen Jungen zuwendet, der wohl keine Hemmungen hat, sie richtig anzufassen. Ich bin etwas traurig und brauche ein paar Tage, um meinen Paarungsinstinkt neu zu aktivieren.

Laura, sie ist auch blond, hat einen richtig großen Busen.

Schon nach ein paar Tagen knutschen und fummeln wir rum. Nicht zu schüchtern sein, lautet die Devise! Im Wochenenddomizil meiner Eltern, einem traumhaften kleinen, alten Fachwerkhaus im Grünen, können wir an Wochentagen ungestört sein. Dieses Privileg nutzen ich und auch später Freunde von mir immer wieder für alle möglichen Aktivitäten wie Trinken, Haschisch rauchen, Fressorgien, Parties, Sex und kreative handwerkliche Ausbrüche.

Ich will natürlich, weil ich heiß bin, mit Laura schlafen und mache mich mit ihr zusammen per Fahrrad auf den Weg in das sieben Kilometer entfernte Dorf, in dem das Häuschen steht. Nach einigen Besuchen in dem Märchenhaus gebe ich ihr zu verstehen, dass ich nun mal ernst machen will und sie antwortet, ich hätte noch zu warten, bis sie vierzehn Jahre alt sei. Bis dahin sind es noch drei lange Wochen, in denen mein fünfzehnter Geburtstag platziert ist. Warten ist angesagt und die Vorfreude wächst mit jeder Stunde und Minute. Zusammen schlafen, wie funktioniert das eigentlich? Mein Teil wird den Weg schon finden, sage ich mir. Ich male mir aus, wie das wohl mit ihr losgeht, in dem großen Bett mit Blick in die Natur, im grünen Paradies mit dem Geruch von frischer Kuhscheiße, der mich immer an dieses Haus und die nächste Umgebung erinnern wird.

Zwei Tage vor ihrem von mir ersehnten vierzehnten Geburtstag macht sie mit mir Schluss!

Als ich Laura Jahre später auf einem langweiligen Stadtfest treffe und kurz mit ihr spreche, bin ich dennoch froh, dass sie nicht die erste war, mit der ich Sex hatte.

4. Bunte Schule

Unsere Schule ist aus groben, knallbunten Betonsteinen gebaut. Und das ist auch schon das Beste, was man von ihr sagen kann. In dieser bunten Schule bin ich nach dem Umzug ziemlich schnell von meinem 2,2-er Notenschnitt auf eine lockere 4,8 abgerutscht. Der Unterricht langweilt mich, ich schaue lieber aus dem Fenster und träume.

Die Landkarten in Erdkunde faszinieren mich, alles darauf erscheint mir wie eine flache und wuchernde wilde Pflanze, was drauf ist, kann ich mir gut merken.

Biologie geht auch, aber leider wird die Lehrerin durch drei obercoole Vollidioten aus meiner Klasse terrorisiert.

Englisch ist die Sprache der coolsten Bands, die ich kenne. Ich merke mir die Vokabeln immer so, wie sie geschrieben werden und sprech sie auch so aus.

Der Kunstunterricht hat mir bisher immer sehr viel Spaß gemacht, aber er wird mittlerweile von einer Alkoholikerin dirigiert.

Ich gehöre eher zu den Ökos, zu den coolen und gutaussehenden Hängern, die sich auch mal engagieren.

Ich werde zum Schulsprecher gewählt, keine Ahnung, warum. Vielleicht weil ich Sänger in einer Rockband bin. Mit dem Titel des Schulsprechers der Haupt- und Realschule am Hacken, kann ich nicht anders als ein gewaltiges Schulfest mit Livemusik, drei amtlichen Bands in diesem Fall, zu organisieren. Alles läuft nach Plan, alles geht wie von selbst.

Problem sind die Gymos, die vom Gymnasium hier,

oder besser gesagt, deren Schulleiter. Er will nicht, dass seine Schlaufüchse das Fest besuchen und verbietet es, denn Haupt- und Realschüler sind schlechter Umgang für sie. Aber die Schlauen wollen auch kommen, wollen sich so ein großes Hippiegelage nicht entgehen lassen.

Einige feilen an einem Plan zur Revolte.

Der Termin für die Schulparty rückt näher, und als es dann soweit ist, wird sie zu einem einmaligen Supergauereignis.

Die Band »Last Gasp« spielt.

Klitschnasse Musiker, total voll mit Bier und Tabletten, gekleidet im Woodstockstyle, echt cool, und die spielen gut, besser gesagt: sie fliegen, merken dieses aber nicht mehr.

Die Aula ist voll, die Stimmung unter den Anwesenden Schülern ist klasse. Draußen stehen noch gut zweihundert Gymos und andere junge Freaks, die da reinwollen. Und sie wollen unbedingt da rein, sie schreien und winken an den Fenstern, bollern heftig dagegen und werden langsam stinkesauer, weil die Gymnasiallehrer, die sich ungefragt am Eingangsbereich positioniert haben, sie nicht hereinlassen. Ich bekomme das natürlich alles mit und bin begeistert. Einige Schüler und ich diskutieren mit den Gylehrern, aber die rücken von ihrem lächerlichen Standpunkt nicht ab und lassen keinen ihrer Schützlinge herein.

Die revolutionären Leithammel der Gymos fassen den Beschluss, die Schule zu stürmen und organisieren das erstaunlich flott.

Gut zweihundert partygeile Schüler gehen auf den Eingangsbereich der Schule zu und drängen mit der Kraft der Masse die Gylehrer, die entsetzt und hilflos dreinschauen, einfach zur Seite. Alles egal, die wollen rein und kommen auch, immer mehr von ihnen. Als alle da sind, gibt es für sie einen tosenden Applaus in der Aula. Ich bin total beeindruckt, das ist ja wohl das Geilste, was passieren konnte.

Die Party läuft weiter, Wahnsinn, und ich bin der Chef des ganzen Aufruhrs.

5. 15.000 Volt

Ein paar Tage nach meinem fünfzehnten Geburtstag im Mai, auf der Konfirmationsfeier meines Freundes Stefan.

Es ist ein super Tag. Die Sonne lacht und die jungen Gäste, die sich alle kennen, weil sie Stefans Freunde und Freundinnen sind, feiern nach dem kirchlichen Trallala zusammen in einem Raum in dem Haus seiner Eltern, welcher Atelier genannt wird. Wir trinken etwas Alkohol und die Stimmung ist sehr gut. Ich freue mich für Stefan, weil er mit dem Mädchen seiner Träume schäkert und sichtlich froh darüber ist. Es ist sonst eher selten, dass er Aufmerksamkeit von Seiten des anderen Geschlechts bekommt. Stefan ist ein besonderer Junge. Als ich in seine Schulklasse kam, wurde ich gewarnt, er sei brutal und gefährlich. Ich fand ihn eher lächerlich, denn er war dünn wie eine Schlange, hatte rote Haare, die lustig geschnitten waren und Sommersprossen. Wir lernten uns kennen und ich stellte fest, dass er völlig in Ordnung war. Nur wenn ihn jemand wirklich ungerecht behandelt, knallt es. Zweimal war ich dabei, als er seine Widersacher zielstrebig und ohne Angst mit einem entschlossenem Schlag oder Tritt bestrafte – das hatte gesessen.

Stefan will mit seinen Freunden an die frische Luft, weg von den erwachsenen Gästen der Konfirmationsfeier und wir schlendern zu dem nahegelegenen Verschiebebahnhof der Bundesbahn.

Stefan, Ralf und ich haben uns etwas von der Gruppe entfernt.

Ralf und ich haben die Idee, auf die Bahnwaggons heraufzuklettern – Cowboyfilm lässt grüßen - was wir dann zu dritt auch tun. Ich bin der erste, dann kommt Stefan und schließlich sein Freund Ralf. Die Waggons sind ganz schön hoch. Über uns hängt ein dickes Kabel.

Plötzlich knallt es, ich drehe mich um und sehe, wie Stefan in einem Feuerball erstarrt. Ein brennender großer Heiligenschein umgibt ihn. Stefan fällt brennend vom Waggon auf die daneben liegenden Gleise und bewegt sich nicht. Ich registriere, dass Ralf sofort reagiert und vom Waggondach blitzschnell zu Stefan herunter klettert, um ihm zu helfen. Er löscht die Flammen an Stefans Körper. Bruchteile von Sekunden. Dann reagiere ich auch, und klettere auf der anderen Seite vom Waggon herunter. Ich renne los, so schnell wie ein Phantom, um Hilfe zu holen. Die anderen Freunde von Stefan stehen etwa fünfundzwanzig Meter entfernt und sind wie gelähmt. Ich renne unter der Eisenbahnbrücke durch, über die Straße, um die Ecke zum ersten Haus in der Nähe des Geschehens.

Die Haustür steht offen, keiner ist zu sehen, sind wohl im Garten, die Leute! Ich renne da einfach rein. Das Telefon steht gleich im Flur und ich wähle 112 Notruf. Am anderen Ende der Leitung wissen sie schnell, wovon ich spreche, denn offenbar hat es hier schon ähnliche Unfälle gegeben.

Zurück in der Nähe des Unfallortes: Schock überall, keiner sagt was, ich gehe zu Ralf.

Wir haben Schuldgefühle, es war unsere Idee.

Ein Leichenwagen kommt und die Mutter von Stefan, der tot ist. Fünfzehntausend Volt haben ihn getötet.

Die Mutter spricht kurz mit uns und versucht, uns die Schuldgefühle zu nehmen. Hätte sie uns beschuldigt, wäre ich vermutlich nicht mehr lange unter den Lebenden geblieben.

Am selben Tag abends klingelt mein guter Freund Maxl an der Tür und sagt, dass Maren, eine Exfreundin von mir – die Beziehung liegt zwei Monate zurück – tot ist. Sie hat etliche Tabletten geschluckt und ist dann in ihrer Kotze erstickt. »Ja, ok«, ich verabschiede Maxl, er geht.

Er hätte auch noch sagen können, dass meine Schwester erschossen wurde und der nette Nachbar von nebenan sich erhängt hat und so weiter; nichts passt mehr in meinen Kopf hinein. Drei oder vier Tage liege ich in meinem kleinen Schlafzimmer im Bett und will nicht reden, nichts wissen, nichts hören und nichts sehen.

Zwei Todesfälle an einem Tag.

In der Schule wird kein Wort über die Geschehnisse geredet.

Ich kann mit niemandem reden. Ich komme mir vor wie ein Soldat, der mehrere Menschen getötet hat. Wie er fühle ich nichts mehr. Nach einiger Zeit komme ich wohl wieder auf die Beine.

6. Kalli

Maxl, mein Tischnachbar in der Schule und bester Freund, hat uns durch seine Beziehungen zu coolen, eher zwielichtigen Typen einen Job beim örtlichen Jahresfest als Autoscooter-Schlüsselmann besorgt. Wir sollen während der Fahrten auf die Scooter aufspringen und bei Problemen helfen. Wir können, wenn nichts los ist, selber mit einem Scooter fahren. Vorher bauen wir das Autoscooterteil mit auf und transportieren die schweren Stahlplatten, auf denen später, wenn alles fertig ist, gefahren wird, mit Sackkarren an den jeweils richtigen Platz, um dort Platte für Platte nebeneinander abzulegen. Schwerstarbeit, macht aber Spaß und lohnt sich in unserem Fall besonders. Mit den Schlüsseln in unserem Besitz sind wir sozusagen die Chefs der Autoscooter, haben Fun ohne Ende und fühlen uns mal richtig oberwichtig. So cool und happy, wie ich bin, bekomme ich jetzt erst mit, dass am Rand der Fahrbahn meine absolute Traumfrau steht. Ich hab sie auf der Bunten Schule in den Pausen schon beobachtet. Sie ist ganz anders als diese blonden Sexbömbchen, hat lange dunkelbraune Haare, braune Augen, eine schöne Figur, der Po, der Schritt in engen Hosen. Ein Gesicht zum Träumen. Trägt fast durchsichtige lange Flatterröcke, die sich wie ihre Haare im Wind wiegen, Oberteile, in denen ich ihren niedlichen Busen erahnen kann. sie bewegt sich entspannt beim Reden mit ihren Freundinnen. Beim Scooter halte ich mit Kalli, so ist ihr Name, nur Blickkontakt, aber Maxl fädelt dort alles ein, um mich und diese Superfrau zusammenzubringen.

Er hat eine große Schwester und zwei große Brüder, von denen er weiß, wie man so etwas arrangiert und zum Erfolg bringt. Maxl, zwei andere Jungs und ich haben eine Rockband, die im Keller des Jugendheims im Ort probt. Dorthin hat Maxl Kalli zur Probe eingeladen, um mich kennenzulernen und mich als Sänger in Aktion zu sehen. Ich bin schwer beeindruckt, weil sie sich traut, alleine zu kommen; weiß nicht, wie ich mich verhalten soll, mache erstmal gar nichts mit ihr, bleib cool. Dann vertraut mir Maxl nach einer Unterhaltung mit Kalli am folgenden Tag an, dass sie total in mich verknallt ist und mich unbedingt haben will. Mir geht es genauso. Allerdings ist sie wie ich auch recht schüchtern und es dauert gut zwei Monate, in denen wir uns langsam aneinander herantasten und kennenlernen.

Wir sind auf jeden Fall schon mal zusammen. Sich ganz langsam näher zu kommen, ist unheimlich schön und spannend, finde ich. Auf einer Party bei einem Bekannten aus der Schule kommen wir uns dann auch körperlich näher. Vor dem Haus, in dem alle feiern, steht ein VW-Bus, der dem Freund der Schwester des Gastgebers gehört. Er heißt Wenzel und ich kenne ihn als Freund meines Vaters und frage ihn, ob ich mit Kalli in den VW-Bus darf. Wir setzen oder legen uns auf die Rückbank des geräumigen Wagens, schmusen und küssen uns sehr zärtlich. Ich streichele ihre von dünnem Stoff bedeckten Brüste, bis wir uns nicht mehr halten können und auf Erkundungsreise zwischen die Beine gehen, die Hosen bleiben angezogen. Dann kommen wir auf die Idee, die Badewanne des Hauses zu benutzen und gehen einfach hoch ins Bad, schließen die Tür ab und lassen Badewasser ein. Als die Wanne voll ist, ziehe ich mich locker wie selbstverständlich aus und gehe hinein, denn ich bin FKK geprüft. Kalli traut sich im Hellen nicht, ihre Kleidung auszuziehen, sie macht das Licht aus. Nun zieht sie sich schnell aus und kommt zu mir in die Badewanne. Ich habe nicht viel von ihrem nackten Körper gesehen, kann ihn nun aber umso besser fühlen.

Im warmen Wasser sich abzutasten ist der absolute Wahnsinn. Ich liebkose ihre Brüste, ihre samtweiche göttliche Pussy und sie meinen harten Schwanz, der sich darüber freut und mehr will. Die anderen Partygäste vermissen uns natürlich und bekommen schnell raus, wo wir uns aufhalten. Sie lassen uns zwar in Ruhe, aber uns beiden wird klar, dass dies nicht der richtige Ort zum Weitermachen ist. Wir beenden unsere schöne Pettingaktion und begeben uns nach unten zu den anderen Gästen, bleiben aber im siebten Himmel. »Puh, war das geil«.

Wir bleiben eng zusammen und genießen unseren Zustand. Wo und wann machen wir weiter? Wir wollen es unbedingt tun, wir sind verliebt. Am folgenden Tag probieren wir es bei mir zu Hause, aber es ist zu hektisch und ich komme bei ihr nicht rein, zu eng, geschlossen, wir brauchen mehr Ruhe und Zeit. Das Wochenenddomizil meiner Familie ist der geniale Ort für unser Vorhaben. Ein paar Tage nach der Panne bei mir zu Hause fahren wir mit dem Fahrrad los zu dem Häuschen, in dem es passieren soll und fackeln auch nicht lange rum. Wir benutzen das Bett im Zimmer meiner Eltern, weil es recht groß ist und einen fantastischen Ausblick in den hinteren Garten bietet. Es kann nun losgehen und tut es auch. Wir ziehen uns aus, legen uns in das Bett und fangen an zu schmusen, zu kuscheln, zu küssen und uns überall zu berühren. Wir werden heiß und heißer, sind kurz vor dem Überkochen und beginnen den ersehnten Akt zu starten. Als ich in ihren Körper eindringe, der jetzt vorbereitet ist und anfange, mich erst langsam, dann schneller hin und her zu bewegen, werde ich in eine andere Sphäre katapultiert. Es ist wie ein langer Kurzschluss, ich kann Kalli nicht mehr sehen, stattdessen nur hellgraue und schwarze Punkte wie bei einem alten Fernseher, der ohne richtiges Bild läuft. Was Kalli macht, bekomme ich nur schwach mit. Auf jeden Fall scheint sie auch irgendwie mächtig durchzudrehen. Der Orgasmus ist eine bombastische Erlösung aus einem völlig neuen Zustand. Ich fühle mich, bin überglücklich. Kalli ist, denke ich, auch großartig gekommen. Wir liegen uns noch lange in den Armen und sind sprachlos. Dieses erste Mal ist für uns der Einstieg in eine lange, nicht nur Liebes-, sondern auch innige sexuelle Beziehung.

Wir treiben es jetzt bei jeder guten Gelegenheit so drei- bis viermal am Tag an den unterschiedlichsten Orten. Im Keller des Jugendheimes, im Bandübungsraum, bei Partys, auf Toiletten, im Garten, im Wald, auf einer schönen Wiese, bei mir zu Hause, in Autos, bei ihr zu Hause, am Baggersee. Manchmal so, dass einige es mitbekommen, egal!

Der alte Penner tritt mir in der Pause auf dem Schulhof mit Wucht von hinten in die Eier und ich gehe in die Knie vor Schmerz. Warum? Es gibt keinen erkennbaren Grund für so einen feigen Angriff. Ich denke, er hat es getan, weil ich mir die Mädels aussuchen kann, mit denen ich zusammen sein möchte, und er sich mit den Aussortierten begnügen darf – was für ein Arschloch. Das ist richtige Körperverletzung. An Rache denke ich nicht, gibt nur noch mehr Ärger. Wenig später, als ich gar nicht mehr daran denke, fühle ich in meinem rechten Hodensack komische Verdickungen, die mich veranlassen, meinen Hausarzt aufzusuchen. »Diese Sache muss operiert werden«. Mein Kreislauf bricht schlagartig zusammen und der Arzt schiebt mir zügig eine Sitzgelegenheit unter den Arsch. »Atmen, atmen«, und verhindert dadurch eine Ohnmacht. »Krampfadern im Hodensack, kann jedem passieren, nichts Besonderes, Routine Operation«. Ich bring das Krankheitsbild, welches vom Arzt luschig oder so gut wie gar nicht erklärt wird, erstaunlicherweise nicht mit dem Eiertritt in Verbindung und frage daher auch nicht, ob die Schädigung mit der Aktion zusammen hängen kann. Nach der Operation, als ich langsam aus dem Koma erwache, sind meine Eltern und Kalli da, um mich zu bemitleiden. Kalli ist mir die wichtigste in dem Moment, ein besorgter Engel, so zart und schön wie nichts anderes, meine Eltern sind mir fast egal.

Dass dieser ganze Sexkram auch mal zu einer Schwangerschaft führen kann, haben wir lange ausgeblendet, aber dann ist es passiert. Ich kann damit gar nicht umgehen, fühle mich viel zu jung, um vernünftig zu reagieren oder auch nur nachzudenken. Auf keinen Fall dürfen unsere Eltern etwas davon erfahren. Wir gehen zur Beratungsstelle und informieren uns, wie man eine Abtreibung veranlassen kann und Kalli bereitet alles dafür vor. Ich hab wohl einen Schock, kann nicht klar denken.
Ein Bruder eines guten Freundes von mir erklärt sich bereit, uns zu helfen. Er hat ein Auto und fährt Kalli in die nächstgrößere Stadt zur Abtreibung. Was für eine Scheiße! Ich male mir aus, was für ein seelisches Dilemma eine Abtreibung für die Mutter sein muss. Ich fühl mich schuldig und lächerlich, weil Kalli mit dem Problem alleine dasteht und ich nicht helfen kann. Sie hat ein Kind im Bauch, welches getötet werden soll und wird.

Kalli und ich sind zweieinhalb Jahre zusammen, bis sie sich mit der örtlichen Punkszene anfreundet, dort einen neuen Freund findet und sich äußerlich immer mehr verändert. Ich bin wahnsinnig eifersüchtig. Wir sehen uns noch in der

Schule und streiten uns oft, denn ich verstehe nicht, warum sie sich auf einmal so hängen lässt. Irgendwas stimmt da nicht, vielleicht in ihrer Familie oder so, oder habe ich was falsch gemacht, sie verletzt oder war es die Abtreibung? Ich komme nicht dahinter, was geschieht, habe Schuldgefühle, leide sehr unter unserer Trennung und der Entfernung voneinander. Sie ist meine Traumfrau für immer und ewig.

Von meinem Freund Maxl, der inzwischen in Hamburg lebt und arbeitet, höre ich ein paar Jahre später, dass er Kalli vor dem Hamburger Hauptbahnhof bei den Junkies gesehen und kurz mit ihr gesprochen hat. Ich bin schockiert und kann es nicht verstehen, habe Angst um sie, unternehme aber nichts. Wahrscheinlich ist sie längst auf Heroin.

Ich war nicht auf ihrer Beerdigung, ich habe auch nichts davon erfahren, sie ist weg, es gibt sie nicht mehr.
Das gibt es nicht.

7. Arbeiten

Ich bin jetzt achtzehn Jahre alt, habe viel Sex gehabt, war ein kleiner Rockstar mit unserer Band und beende die Schule mit einem miserablen Abschluss, der grad noch für eine Kochlehre reicht. Weil ich schon achtzehn Jahre alt bin und die Arbeitszeiten im Kochberuf ab diesem Alter besser mit den gesetzlichen Bestimmungen vereinbar sind, bekomme ich sofort eine Lehrstelle im besten Hotel der Stadt. Der Chef des Hotels sagt mir bei einem persönlichen Gespräch, dass ich, wenn ich dort einen Abschluss mache, easy in jedes Land der Welt vermittelt werden kann. Südamerika, ich komme!

Kochen macht an sich Spaß, aber die Arbeitszeiten sind unzumutbar, außerdem ist es sehr anstrengend. Jede Woche gibt es einen neuen Schichtplan: mal 10–18 Uhr, dann 14–22 oder Teildienst 11–15 und 18–22 Uhr. Das macht den ganzen Tag zum Arbeitstag. Eine Feier von Freunden zwei Wochen vorher zuzusagen geht nicht, weil der Schichtplan sich jede Woche ändert und erst Mitte der Woche für die folgende bekanntgegeben wird, eine Frechheit. Harter Job, die Kollegen sind nazimäßig drauf, machen ausländer- und frauenfeindliche Sprüche und Witze.

Sie gehen nach der Arbeit meist einen trinken in einer Kneipe um die Ecke. Ohne mich, ich will nicht so werden wie sie. Der Geselle, mit dem ich arbeiten muss, steht ständig unter Alkoholeinfluss bei der Arbeit und lässt seinen Frust an mir aus. Er ist ein echt guter Koch, aber ansonsten nicht zu ertragen. Ich bin total unzufrieden, einsam, bekomme nervige Schlafstörungen und fang an zu kiffen, was alles noch verschlimmert. Nach elf Monaten halte ich es nicht mehr aus und flüchte unentschuldigt mit dem Zug nach München. Meine Idee ist, direkt aus dem Münchener Bahnhof aus- und auf einen sonnenbeschienenen Berg zu steigen und dort darüber nachzudenken, was ich nun machen soll. Wärme, freier Blick und Natur sind das, was ich brauche. Natürlich kommt es anders als geträumt, denn aus dem Bahnhof in München kommend sehe ich eine spießige Stadt mit hochqualifizierten Geigern als Straßenmusiker. Zu nobel, kein sonniger Berg, der mich wärmt. Es ist schon dunkel und ich finde einen Schlafplatz gleich in der Nähe vom Bahnhof hinter einer Mauer, die einen modernen Bürogebäudekomplex umgibt. So würde sich nie jemand verstecken, viel zu auffällig, aber genau so muss es sein, um nicht entdeckt zu werden. Mein guter Schlafsack bringt mich angenehm durch die Nacht und am nächsten Morgen trete ich gleich die Rückfahrt an, ohne Frühstück, denn mein Geld reicht nur für die Fahrt. Tags darauf gehe ich wieder zur Arbeit und werde zum Hotelchef gebeten, der, interessiert an meinen Problemen, mit mir redet und mir noch eine Chance gibt. Dem Chef hab ich nicht erzählt, was mich an dem Job stört. Warum eigentlich nicht?

Ich versuch es nochmal, aber nach zwei Wochen kündige ich.

8. Dr. Riech

Eine kleine Tour nach Holland wäre jetzt schön, um den Kopf wieder frei zu bekommen. Erstaunlicherweise hat meine Schwester Lust, mitzukommen, sie ist wahrscheinlich gerade solo, anders kann ich mir das nicht erklären.

Die wichtigsten Klamotten sind eingepackt und ruckzuck stehen wir an der Straße Richtung Groningen. Es dauert nicht lange, bis wir mitgenommen werden und Stück für Stück unserem Ziel näher kommen. Auf dem letzten Abschnitt der Strecke nimmt uns ein komischer Typ in einem modernen Raumschiff Citroën mit. Der sitzt am Lenkrad wie auf einem Entbindungsstuhl und hat die Füße nicht wie gewöhnlich auf dem Gas und bei dem Bremspedal platziert. Wir haben beide Angst, dass was passiert. Labern tut der Typ auch noch ununterbrochen und ist widerlich cool. Die Vorstellung, meine Schwester könnte hier allein mit dem Arsch im Auto sitzen, lässt mich zittern!

In Groningen angekommen, finden wir dank unseres Stadtplanes den einzigen Zeltplatz der Stadt. Nachdem wir unser Zelt in Rekordzeit aufgebaut haben, maximal drei Minuten, hat meine Schwester schon Blickkontakt mit einem Blondschopf, der uns gegenüber mit seinem Freund zeltet. Kann die nicht mal ohne Macker? Nein, kann sie nicht.

Meine Schwester kümmert sich nicht mehr um mich, turtelt mit dem Blondschopf. Ich schließe dann schnell Bekanntschaft mit einem etwas abgedrehten, aber sympathischen Kiffertypen, der mir von unglaublich wirksamen Haschpralinen erzählt, die es in der City in einem Coffeeshop gibt. Wir fahren in diesen Laden und ich kaufe fünf von diesen Haschpralinen, sie werden »Space Balls« genannt. Vorher frage ich die Bedienung sicherheitshalber, ob diese Pralinen wirklich nur Hasch oder Gras enthalten, auf irgendwelche gefährliche Psychodrogen habe ich nämlich keinen Bock. Der Kiffertyp vom Zeltplatz ist schon ganz glücklich und aufgedreht vor lauter Vorfreude, die Pralinen einzuwerfen. Was soll da nun so toll dran sein, ist doch nur Hasch drinne, es wirkt halt später, aber dafür länger im Gegensatz zum Rauchen. Wir nehmen diese Dinger und ich denk mir nichts dabei. Eine Wirkung ist bei mir auch nach Stunden nicht auszumachen. Im Zelt kiffe ich, gammel auf dem Campingplatz rum, schlag die Zeit tot. Nach zwei Nächten schlägt meine Schwester vor, dass sie mit Mr. Blondschopf und dem Zelt nach Hause trampt, und ich mit dem Fahrrad von Blondschopf und mit seinem Freund die Rückfahrt bewältigen könnte. So machen wir es auch, was in einem Chaos endet.

Schwesterchen ist bei meinen Eltern angekommen, die sich nun fragen, wo ich denn geblieben bin. Die Rückfahrt mit dem Rad ist tierisch anstrengend, ich bin total fertig. Am Zoll werden wir und unsere sieben Sachen fein säuberlich durchsucht. Ohne Erfolg, obwohl wir beide Hasch im Mund haben.

Nach weiteren zwanzig Kilometern sind wir körperlich kaputt und zum Weiterfahren untauglich. Von einem Bahnhof aus, an dem kein brauchbarer Zug fährt, rufe ich meinen Vater von einer Telefonzelle aus an und frage ihn, ob er uns abholen kann.

Das passt ihm gar nicht, er ist sauer, hat Besseres zu tun, aber willigt am Ende ein. Zwei Stunden später fahren Papa und ich den Freund von Blondschopf nach Hause und treten dann unsere Heimreise an. Schwesterchen ist wie vermutet schon zu Hause, hat aber das Zelt, ein sehr gutes und teures, beim Blondschopf liegen lassen.

Papa ist stinksauer, denn er hat uns das Zelt geschenkt.

Eine Telefonnummer von den zwei Typen haben wir nicht, nur die Adresse.

Dieses ganze Chaos und die Aufregung lassen mich ziemlich kalt, was meinen Vater sehr ärgert. Er findet mein Verhalten nicht normal, fast sonderbar. Ich merke nicht, wie ich nach und nach in einen fremden, aber für mich nicht erkennbar euphorischen Zustand mit Wahnvorstellungen gleite. Drei Tage später holen wir das Zelt bei den Jungs in einer total versifften Wohnung ab. Mein Vater ist während der Aktion ganz nett und verständnisvoll mir gegenüber. Er macht sich inzwischen sichtlich Sorgen um mich, weil ich mich immer sonderbarer verhalte und wirre Geschichten von bedrohlichen Vorkommnissen erzähle.

Gekleidet wie Robin Hood und mit einer Gitarre auf dem Rücken mache ich mich auf den Weg in ein von vielen Ausländern bewohntes Viertel meiner Stadt. Sie werden die wirren Geschichten verstehen, die ich ihnen auf der Straße vorsinge und mich nicht als Spinner abstempeln. Ich fühle mich wie Gott, sehe die ganze Welt von oben, sehe alle schlimmen Dinge, sehe die Waffen, die Bedrohung, die Kriege, die Naturkatastrophen, die Ungerechtigkeiten und will es allen mitteilen.

Meinen besten Freunden und Freundinnen erzähle ich auch diese abgefahrenen Geschichten, sie bemerken natürlich meine Veränderung und nehmen Abstand, weil sie nicht wissen, wie sie sich verhalten sollen. Mein Zustand ist schwierig zu beschreiben, denn es sind viele Wahrheiten in den Geschichten, die ich nervös loszuwerden versuche. Es kommt alles raus, was mich bedrückt, mit halluzinatorischen

Einblendungen und Storys. In der Nähe unseren Kaffs gibt es alte Bunker und ein großes Gaswerk. Dort findet – davon bin ich fest überzeugt – ein großräumig angelegter Menschenhandel statt. Einen geöffneten LKW mit Autoreifen im Laderaum fotografierte ich auf unserer Tour nach Holland. Später sind die Fotos nicht mehr auf dem Film. Was stimmt da nicht? Ich rekonstruiere die Route des Fahrzeugs minutiös und bin mir sicher, einer kriminellen Tat auf der Spur zu sein. Alle erklären mich für abgedreht.

Die Wahnvorstellungen werden immer schlimmer, ich leide an Verfolgungswahn. Ich bin mir aber sicher, ganz normal zu sein. Ich werde abgehört und verfolgt. Ein verständnisvoller Polizist, den ich kenne, kümmert sich um mich und hört sich geduldig meine Storys an. Er nimmt mich sogar mit auf eine Polizeiwache, auch andere Kollegen hören geduldig und aufmerksam zu. Es wird mir liebevoll geraten, einen Psycho-Arzt aufzusuchen. Ich lass mich darauf ein und gehe zu Dr. Braun, der aussieht wie Bud Spencer. Ich kenne ihn, er ist der Vater eines Freundes, des Franzosen. Der Mann hört sich kurz ein paar Sätze von mir an und drückt mir ohne jegliche Erklärung eine fette Spritze in den Arsch, dann bekomme ich noch eine Packung Valium-Zehn in die Hand gedrückt und den Rat, mich in die psychiatrische Klinik am Ort einweisen zu lassen. Ich bestehe auf einem Taxi, da sich auf dem Weg zur Psychiatrie Probleme mit Feinden und Verfolgern ergeben könnten, die ich vermeiden möchte. Er willigt verdutzt ein. Mein Arsch tut weh von der Spritze.

In der Psychiatrie angekommen, findet als erstes ein Gespräch mit dem Chefarzt Dr. Riech statt. Mit seinen Fragen kann ich nichts anfangen. Ich frage ihn nach einer von seinen Marlboro-Zigaretten, die auf seinem Tisch liegen. Er sagt: »Wenn du hier bei uns bleibst, bekommst du eine«. Was ist denn das für eine bekloppte Strategie, ich werde skeptisch. Der Mann sieht aus, als wäre er entweder Alkoholiker oder tablettensüchtig. Sein Gesicht ist gerötet wie bei Menschen, die einen zu hohen Blutdruck haben. Wahrscheinlich ist er noch abgedrehter als ich. Irgendwas muss sich an meiner Verfassung ändern, deswegen bleibe ich trotz des crazy Chefarztes in dem Psycholaden und werde jetzt von einem Pfleger und Exfreund meiner Schwester durchsucht und gebadet. Die in Aluminiumfolie verpackten Rückstände von verkochtem Zitronensaft gebe ich ihm mit der Bitte, die Substanz zu analysieren. Er sagt nichts dazu. Ich möchte zu Hause anrufen. Warum wird mir das verweigert? Irgendwas stimmt hier nicht. Der Pfleger legt mir einen Zettel vor, den ich unterschreiben soll, es ist eine Einwilligungserklärung.

Wenn ich die unterschreibe, können die hier mit mir machen, was sie wollen. Ich unterschreibe diesen Wisch nicht.

»Macht doch erstmal eine Blutanalyse, damit wir wissen, was mein Problem ist«. Keine Reaktion. Es scheint hier nur zu interessieren, dass ich unterschreibe und in diesem Laden bleibe.

Ein paar Minuten kümmert sich keiner um mich und ich sehe in so einer Art Aufenthaltsraum eine junge Frau, die sehr, sehr langsam eine Salatgurke in Scheibchen schneidet. Noch fit im Schnibbeln seit der abgebrochenen Kochlehre, zeige ich ihr, wie eine Gurke professionell zerlegt wird. Sofort kommt ein Pfleger, ich soll keine Unruhe stiften.

Ich werde in ein Zweibettzimmer verfrachtet und liege da jetzt im Bett, neben mir ein dahin vegetierendes männliches Etwas, vor mir ein Fenster zum Schwesternzimmer. Ich stehe unter ständiger Beobachtung. Wieder versucht ein Pfleger, die Unterschrift für die Behandlung von mir zu ergattern. Ich unterschreibe natürlich nicht. Ich muss hier raus. Wenn die mich behandeln dürfen, werde ich wahrscheinlich für immer darunter leiden, dauerhaft krank und von fiesen Medikamenten abhängig sein.

Mein Vater ist mit einer großen Tasche gekommen, in der sich Kleidung und Dinge befinden, die ich hier brauche, endlich ist Rettung in Sicht. Ich empfange ihn auf dem Flur und sage ihm sofort, dass ich hier raus muss und erkläre die Situation. Er glaubt mir nicht, möchte das Beste für mich und dass ich behandelt werde. Ich erkläre nochmals die unglaubliche Situation und flehe ihn an, mich mitzunehmen. Der Chefarzt will mit meinem Vater kurz alleine reden. Ich nehme ein paar Meter Abstand, beobachte die beiden und ahne mein Ende voraus. Der Chefarzt ist so krank, blöd und stumpf und versucht nach hitziger Diskussion doch tatsächlich, meinem Vater meine große Tasche abzunehmen. Jetzt macht es Klick bei meinem Vater, denn er lässt die Tasche nicht los und hat nun die Lage voll im Griff. Keiner hat das Recht, seinen Sohn ohne handfesten Beweis einzusperren. Der Arzt versucht erneut, meinen Vater zu überreden, aber Paps hat ihn durchschaut, diesen Vollpenner, und besteht darauf, die Klinik mit mir verlassen zu dürfen. Wie ein kleines Kind versucht der Chefarzt nochmals, mich durch Worte, die wie hilfloses Betteln klingen, dazubehalten. Es reicht! Paps und ich gehen zur Stationstür und wollen sie öffnen, um zu gehen. Ein Alarm ertönt. Mein Vater wird ernsthaft wütend und wiederholt die Bitte, uns rauszulassen.

Die Tür geht endlich auf und wir gehen über eine Rasenfläche Richtung Parkplatz in die Freiheit. Es fühlt sich an wie in dem Psychiatriefilm mit Jack Nicholson, als der riesige Indianer das schwere Doppelwaschbecken aus der Verankerung reißt, es durch ein vergittertes Fenster wirft und in die Freiheit flüchtet.

Insgesamt hat die Psychose gute drei Wochen angedauert und klingt jetzt endlich ab. Der Einzige, der sich wirklich um eine Diagnose gekümmert hat, war mein Vater. Er hat bei einem Freund, der Psychologe ist, angerufen und die Symptome erklärt. Daraufhin diagnostizierte dieser ein Krankheitsbild, welches auf die Einnahme von LSD zurückzuführen ist. Leider zu spät, aber zumindest kann ich mir mein Verhalten dadurch erklären.

Der Chefarzt Dr. Riech, der mich behandeln wollte, sitzt ungelogen einige Jahre später selbst in der Klapsmühle, weil er versucht hat, seine Frau und seine Kinder in die Psychiatrie einzuweisen.

9. Bass

Ich will wieder Musik machen, und zwar ernsthaft. Papa hat viele Gitarren und zwei Banjos, auf denen ich ein wenig rumgespielt habe, als ich klein war. Die hohen Töne konnten mich nicht sonderlich begeistern. Allerdings habe ich mir später, bei einem Kifferkumpel im Keller, alle wichtigen Gitarrengriffe ohne Stress und Druck so nach und nach abgeguckt.

Es ist sehr lange her, seit ich bei einem Freund einen Elektrobass auf dem Bett liegen sah, und fasziniert von dem Instrument war. Der E-Bass gehörte seinem Vater, einem sehr guten Bassisten. Diese dicken, wurstigen und griffigen Saiten erschienen mir viel solider und interessanter als die einer normalen Gitarre. Welche Funktion dieses schöne Gerät in der Musik hat, wusste ich nicht. Für achthundert Mark hätte mir der Vater meines Freundes den tollen Bass verkauft. Da ich aber noch viel zu jung war, sieben, acht oder neun Jahre alt, war an so eine Investition nicht zu denken. Meinen Eltern waren achthundert D-Mark ein viel zu hoher Betrag.

Ich brauch jetzt einen E-Bass, aber schnell. Das ist das coolste Instrument für mich. Purer Sex, geht in den Bauch und in den Arsch, macht den fetten Groove, die rhythmische und tonale Basis für alles weitere Geplänkel.

Eigentlich reichen Schlagzeug und Bass, um die Masse in Bewegung zu bringen und die Gehirnsynapsen rhythmisch zu verwöhnen.

Jetzt bettele ich mir endlich das Geld für den von mir ausgesuchten E-Bass zusammen, kaufe ihn, und hänge ihn in meinem Zimmer an die an einem schönen Balken angebrachte und dafür bestimmte Halterung.

Ich genieße den Anblick dieses schönen Instruments, kann mich kaum sattsehen und wenn ich morgens aufwache, fällt mein Blick gleich auf den Bass und alles ist gut. Das geht nun ein gutes halbes Jahr so und meine Sponsoren sind verwundert darüber, dass ich noch gar nicht auf dem Bass gespielt habe. Mich beunruhigt das nicht, war zwar so nicht geplant, aber wenn der Bass das so will, soll er es so haben.

Dann beginne ich zu üben. Es fällt mir nicht schwer, Bassläufe, die ich mir von Jazzrock Bands heraushöre, nachzuspielen und dabei überzeugend zu performen. Ich fühle mich schon nach ein paar Monaten wie ein amtlicher Bassist. Meine Schwester bewundert die Ausdauer, mit der ich die Sache angehe. Immer wieder von vorne anfangen, die Übung oder den Song, den ich gerade mitspiele, wiederholen, nochmal, nochmal. Das ist für mich ein unerwartetes Kompliment, ich habe Ausdauer!

Mein Freund Maxl spielt Schlagzeug. Er hat mit drei Jahren auf einer Snare Drum angefangen, wie der in dem Buch »Die Blechtrommel«. Wenig später spielte er die Snare Drum in einem Fanfarenzug mit Tanzmariechen und dem ganzen Klimbim. Deli, ein grandioser älterer Gitarrist, Sänger und der beste Texter, den ich kenne, und Maxl fragen mich, ob ich mit ihnen in einer Band spielen will, die Eigenkompositionen spielt. Ich sage sofort zu. Wir proben ein halbes Jahr und machen dann ein paar richtig gute Gigs, bei denen das Publikum auf seine Kosten kommt. Wir verdienen nichts mit den Gigs, aber wir sind schon zufrieden, wenn überhaupt Leute kommen und wir nichts draufzahlen müssen. Wenn man mit solchen gut angesehenen Musikern wie Deli und Maxl zusammen in einer Band spielt und gut abliefert, wird man automatisch auch als guter Musiker gehandelt. Es ist dann einfacher, auch bei anderen Musikprojekten einzusteigen.

Damit meine Eltern beruhigt sind und denken, dass ich ein Ziel habe, gebe ich ihnen zu verstehen, dass ich Musik im Fachbereich Jazz studieren will. Sie reagieren darauf kaum, löchern mich seitdem aber nicht mehr mit Fragen zu meinen Zukunftsplänen. Eigentlich will ich ja gar nicht Musik studieren. Ehrlich gesagt, ich weiß nicht, was ich will.

Ein erfundenes Ziel kann auch eines sein und motivieren, sich zielstrebiger mit der Musik zu beschäftigen. Vielleicht kann ich mal in Holland Musik studieren und dort dann auch gleichzeitig die Lebensart der Menschen kennenlernen. Cannabis und Hasch zum Beispiel gibt es dort ja einfach so in speziellen Coffeeshops zu kaufen und irgendwie sind die Menschen dort lockerer. Die Frauen sind schön, besonders die mit lateinamerikanischen oder asiatischen Wurzeln. Die Musik in den Coffeeshops ist meistens total abgefahren und interessant, alle fahren Rad, Autos gelten nicht als Statussymbol.

10. Hauswirtschaft

Braucht man, um zu studieren, das Abitur? Auf einer Hochschule geht es auch ohne Abi, stattdessen muss dort eine schwierige Aufnahmeprüfung abgelegt werden, in der das Können fachmännisch geprüft wird. In meinem Fall wäre das E-Bass spielen, Musiktheorie und ein Harmonie-Instrument, wahrscheinlich Klavier. Bei einem Lehramtsstudium braucht man das Abi. Ich will zwar kein Lehrer werden, aber mir diesen Weg offen halten. Das heißt, dass ich erstmal einen qualifizierten Realschulabschluss nachholen muss, um die Möglichkeit zu haben, danach, wann auch immer, Abitur zu machen. Abi war allerdings nie mein Ziel. Die wirklich wichtigen Dinge, welche dringend gelehrt werden müssten, stehen leider auf keinem Lehrplan, so meine Ahnung.

Es folgt eine Anmeldung auf der einzigen örtlichen Hauswirtschaftsschule, mit dem Ziel, in zwei Jahren den qualifizierten Realschulabschluss in der Tasche zu haben.

Mir ist klar, dass ich einer der ältesten Schüler in der Klasse sein werde, in die ich gehen muss. So ist es dann auch, denn die anderen Schüler, außer einer Frau namens Carol, sind gut vier bis sechs Jahre jünger als ich und kommen überwiegend aus den umliegenden Dörfern. Stämmige Typen mit Köpfen wie Schweine und korpulente, kräftige Mädchen, unter denen sich aber auch eine ganz zarte, niedliche und intelligente befindet, wie ein Rehkitz.

Sie ist zum Träumen, aber keine, bei der ich ernsthaft was versuchen würde. Carol ist in meinem Alter, sieht gut aus und ist lustig. Bei der geht was, denke ich. In der Schulklasse herrscht irgendwie eine richtig gute und gesellige Atmosphäre, die Lehrer sind locker drauf und meckern nicht rum, wenn mal vom Thema abgewichen wird.

Es erscheint so, als wüssten Schüler wie Lehrer, dass diese zwei Jahre so angenehm wie möglich durchgezogen werden müssen. Ich habe zweimal in Folge beim Kochunterricht gefehlt, weil mir die pingelige Arbeitsweise, die wir anwenden sollten, nicht zusagte. Vor lauter Wischen kommt man kaum zum konzentrierten Zubereiten der Speisen.

Als ich wieder zum Kochunterricht erscheine, freut sich die Lehrerin und sagt: »Schön, dich hier wiederzusehen«, und ob alles in Ordnung sei mit mir. So was hab ich bisher noch nicht erlebt. Die Lehrerin vermittelt mir ein gutes Gefühl.

Eine Klassenfahrt ist in Planung und die Bauerntypen geben an, wie viel sie dort saufen und feiern werden. Ich bekomme Bedenken, ob ich da mithalten kann und scherze mit meinem Tischnachbarn Bernd über die geplanten Sauforgien. Bernd ist kein Bauer, er ist schlank und groß und hat eine dicke Brille auf. Einige Schüler hänseln ihn deswegen. Ich finde ihn aber ziemlich cool und halte zu ihm, was bewirkt, dass die Mobber bald die Finger von ihm lassen, da sie, warum auch immer, Respekt vor mir haben.

Mit Bernd kann ich gut diskutieren, witzeln und über Themen reden, die die Masse nicht interessiert. Wir hängen in der Schule meistens zusammen rum und ich glaube er ist froh darüber, mit mir zusammen sein zu können.

Das sowas nochmal passiert, hätte ich nicht gedacht: wir gehen auf Klassenfahrt. Es geht also los in eine tolle alte Stadt an einem großen Fluss, umgeben von vielen schönen Bergen. Die Jugendherberge liegt direkt an dem Fluss, in die Innenstadt ist es auch nicht weit und gleich gegenüber der Herberge ist ein kleiner Tante-Emma-Laden, in dem Bernd und ich uns am ersten Tag eine günstige Flasche Wein kaufen. Am Fluss ziehen wir sie uns gemächlich in die Birne und fühlen uns pudelwohl in der netten Umgebung. Wir gehen zurück. Mal sehen, ob die Kornsäufer schon so breit sind, wie sie es lautstark angekündigt haben. In der Herberge finden wir die Jungs in unserem Achtbettzimmer vor, stocknüchtern. Reine Angeberei war das. Sie sitzen auf den Bettkanten und reden Stuss, aber von Korn keine Spur. Sie trinken noch nicht einmal Bier, und das auch die ganze Woche nicht. Bernd und ich hingegen halten über die Tage konstant einen angenehmen Alkoholpegel, der uns ein wohliges und frisches Gefühl gibt. Carol war bei den Ausflügen meistens an meiner Seite und erzählte mir unter anderem, dass sie ein Baby hat und von dem dazugehörigen Vater getrennt ist, aber noch bei ihm wohnt. Ich merke, wie ich mich in sie verknalle.

Im Flur nähern sich zwei Mädchen aus der Parallelklasse, nur mit Unterwäsche bekleidet. Ein sagenhafter Anblick. Sie kichern und tänzeln eine Zeit vor uns rum, bis sie Kurs auf unser Zimmer nehmen und hineingehen. Die eine von den beiden macht mich ziemlich heiß, ein dunkler Hauttyp, auf den ich stehe, schön und jetzt super sexy in weißer Unterwäsche. Sie ist mir in der Schule schon aufgefallen, aber ich hätte nie damit gerechnet, dass sie von mir ernsthaft was will.

Als wir unser Zimmer betreten, liegt sie auf meinem Bett und wartet in neckischer Haltung. Meins ist das obere Etagenbett, und ich kann mich nicht mal eben dazusetzen. Außerdem bin doch gerade in Carol verknallt, mit der ich mich sehr gut verstehe, und mir sogar eine richtige Beziehung vorstellen kann.

Vielleicht hat das Mädchen mit ihrer Freundin eine Wette abgeschlossen. Mir erscheint diese Situation zu kompliziert, ich mache erstmal gar nix, sondern stehe unschlüssig vor dem Bett herum. Die Szene löst sich dann, keine Ahnung wie, auf.

Was sich am folgenden Tag abspielt, ist unglaublich.

Wir sind mit zwei Schulklassen auf einer kleinen Wanderung in den nahegelegenen Bergen und ich halte mich die ganze Zeit in Carols Nähe auf. Wir reden und schäkern, machen uns gegenseitig an. Wir verstehen uns so gut, dass für mich klar ist, da kommt bald noch mehr. Was dann passiert, übertrifft meine sexuellen Vorstellungen.

In der Herberge angekommen, gehen wir erstmal zu Abend essen. Anschließend nehmen Bernd und ich vor der Tür noch etwas Alkohol zu uns, Carol ist natürlich auch dabei und es ist recht lustig. Ich habe längst das Gefühl, wir sind ein Paar. Wir gehen in mein Achtbett-Zimmer. Einige der Bauernjungs haben auch weibliche Gesellschaft aus unserer Klasse. Die Jungs und Mädchen wirken etwas hilflos, und klopfen Sprüche. Carol und ich legen uns in mein oberes Bett und wenig später küssen und schmusen wir ausgiebig unter der Bettdecke. Es wird still in dem Zimmer, es ist so gut wie dunkel. Nun gehen wir dazu über, unsere Kleidung unter der Bettdecke zu entsorgen. Mein Teil ist knüppelhart und Carol macht Anstalten, sich sachte darauf zu setzen und mich eindringen zu lassen. Das Bett quietscht höllisch unter unseren Bewegungen, alle im Zimmer wissen längst, was wir gerade tun. Carol gerät in sportliche Ekstase, uns ist alles egal. Problem für mich ist die zu weiche und ausgeleierte Federung des Bettes. Dadurch entsteht nicht die optimale Reibung, die ich benötige. Carol kommt überzeugend, für alle hörbar. Ich komme nicht, aber das ist schon okay, das erledige ich gleich auf dem Klo. Wir haben vor der halben Klasse zusammen geschlafen, und es hat voll Spaß gemacht.

Am folgenden Tag steht das Gesprächsthema fest und es dauert nicht lange, bis die Lehrer es auch wissen. Wir werden von ihnen nur vielsagend angelächelt, keiner sagt was dazu.

Seit dieser Nacht sind Carol und ich zusammen. Die Tage in der Schule sind nach der Klassenfahrt noch angenehmer.

Nachmittags übe ich Bass spielen oder hänge nur rum und kiffe ein wenig, abends habe ich oft Proben mit verschiedenen Bands und am Wochenende ab und zu schlecht bezahlte Gigs. Da ich Carol jeden Wochentag in der Schule sehe, treffen wir uns privat nur ab und zu. Wir wohnen gute fünfundzwanzig Kilometer voneinander entfernt und das macht es etwas kompliziert, mal eben für ein paar Stunden vorbeizuschauen. Keiner von uns beiden hat ständig ein Auto parat.

Zwei Jahre Hauswirtschaftsschule sind vorbei, der Abschluss ist in der Tasche, die Beziehung mit Carol vorbei – und ich bin so blöd, wieder eine Bewerbung als Koch in ein Nobelfischrestaurant zu schicken.

Der Zeitpunkt für eine Aufnahmeprüfung an einer Musikhochschule erscheint mir noch zu früh, denn ich weiß von einem hoch angesehenen Dozenten, was bei einer Prüfung verlangt wird, und diesen Wissensstand habe ich noch nicht. Harmonielehre soll ich lernen, um zu verstehen wie Jazzmusik funktioniert und bei einem von ihm empfohlenen Lehrer, bei dem ich nun auf der Warteliste stehe, Bassunterricht nehmen. Es ist also noch Zeit. Bei einem Vorstellungsgespräch mit dem Chef des Fischrestaurants lerne ich den Laden näher kennen und sehe mir mit ihm alles an, was für den Kochjob wichtig ist. Nicht schlecht hier, und in der kleinen Küche sehe ich eine total süße Auszubildende, die dort selbstbewusst unter den Männern agiert. Genau nach meinem Geschmack, hier muss ich arbeiten. Der Ausbildungsvertrag wird fertig gemacht und unterschrieben, in drei Wochen geht es los.

Nach ein paar Arbeitstagen stelle ich fest, dass die süße Jung-Köchin genau zu Beginn meiner Ausbildung fertig mit ihrer war oder den Laden gewechselt hat. Was auch immer, sie ist weg! Die Kollegen, mit denen ich nun arbeite, sind leider alle mehr oder weniger unterbelichtet, was im Kochberuf oft vorkommt. Den Job will ja kaum jemand machen und darum bleibt dem Gewerbe nichts anderes übrig, als auch weniger helle Köpfe zu beschäftigen. Hauptsache, sie sind bei Beginn der Ausbildung über achtzehn Jahre alt.

Fast jeden Tag fahre ich zehn Kilometer mit dem Fahrrad zur Arbeit und habe meistens Gegenwind. Ich muss strampeln wie ein Idiot, um pünktlich am Arbeitsplatz zu erscheinen. Bei Teildienst fahre ich jede Strecke zweimal, das ergibt insgesamt vierzig Kilometer an einem Tag. Oft arbeite ich an einem Tag elf Stunden, ohne für die Überstunden etwas zu bekommen, auch kein Dankeschön. Der Küchenchef kann, wie viele in der Branche, ohne einen gewissen Alkoholpegel nicht gut arbeiten. Er hat seinen Alk in einem kleinen Kühlschrank, der über seiner Arbeitsfläche angebracht ist, versteckt und bedient sich dort auffällig unauffällig in gleichmäßigen Zeitabständen. Jeder hier weiß das, aber keiner beschwert sich darüber, denn das Arbeitsklima ist recht gut. Bei der Vorbereitung für den Mittagstisch befiehlt mir ein Lehrling aus dem dritten Lehrjahr, den Fischkeller, in dem die Fische auseinander genommen werden, zu putzen. Einmal habe ich das hier schon gemacht, es ist sehr anstrengend und mit ekligem Geruch verbunden.

»Putz den Keller doch selber. Du bist doch schon über zwei Jahre hier und kannst es viel besser als ich«. Ich wende mich schnell anderen Aufgaben zu und lasse den verdutzten Lehrling einfach stehen, er putzt den Keller. Die anderen Kollegen sind sichtlich beeindruckt von meinem Konter und behandeln mich jetzt nicht mehr wie einen blutigen Anfänger.

Trotzdem hab ich nach drei Monaten die Nase voll und kündige das freiheitsraubende Ausbildungsverhältnis.

Endlich habe ich kapiert, dass der Kochberuf und das Dasein als Musiker absolut nicht miteinander vereinbar sind.

11. T-Zell

Papa ist irgendwie krank, er fühlt sich schlecht und besucht etliche Fachärzte im Umkreis, zu denen er von seinem Hausarzt überwiesen wird. All diese Profiärzte diagnostizieren unterschiedliche Krankheiten, ohne diese glaubwürdig belegen zu können. Es geht ihm immer schlechter und er kann sich nur noch mit großer Mühe in sein Modegeschäft schleppen, in dem auch meine Mutter arbeitet. Weil ich im Moment keinen Job habe und so vor mich hin musiziere, fragen meine Eltern mich, ob ich ihnen im Laden helfen kann.

Dazu habe ich absolut keinen Bock, es ist total blöd, bei den eigenen Eltern zu arbeiten. Es nervt, sich ständig auf der Pelle zu hängen und in die ganzen Probleme verstrickt zu sein. Außerdem ist mir das meinen Freunden gegenüber peinlich, in einem überwiegend Dessous anbietenden Laden zu arbeiten.

Allein die Vorstellung, da tauchen Frauen aus meinem Freundeskreis auf, und ich müsste sie bedienen, ist sehr unangenehm.

Entscheidungsschwach wie ich bin, lasse ich mich trotz meines Widerwillen nach etlichen nervigen Diskussionen überreden, in dem Scheißladen zu arbeiten.

Eigentlich ist der Job sogar richtig cool, aber das checke ich erst Jahre später.

Der gesundheitliche Zustand Papas verschlechtert sich dramatisch. Er verliert sehr viel an Körpergewicht und sieht schon aus wie ein bis auf die Knochen abgemagerter Gefangener im Konzentrationslager. Es gibt immer noch keine schlüssige Diagnose von den Fachärzten und ich befürchte, dass Papa bald stirbt, wenn nicht schnell etwas unternommen wird. Mama kommt mit der Situation nur schwer zurecht und ist völlig fertig. Wie in Trance schleppt sie sich zur Arbeit und erfüllt ihre täglichen Pflichten. Sie funktioniert nur noch wie eine traurige Maschine. Noch einmal besucht mein Vater seinen Hausarzt, der, warum nicht gleich, die Idee hat, ihm eine Drüse zu entnehmen, um diese dann in einer Spezialklinik an der Ostsee untersuchen zu lassen.

In einer mit Eis gefüllten Thermoskanne und der Drüse als Inhalt fahre ich mit dem Auto einer Freundin meiner Mutter Richtung Ostsee, um diese dort analysieren zu lassen. Auf der Fahrt dorthin habe ich das Gefühl, endlich etwas sinnvolles zu tun, das schon viel früher hätte passieren müssen. Nach drei Tagen wird das Ergebnis telefonisch mitgeteilt. Malignes T-Zell Lymphom, Krebs. Alle Körperzellen sind damit befallen, Papa soll so zeitnah wie möglich in das Virchow Klinikum in Berlin eingeliefert werden. Er ist wirklich kurz vor dem Abnippeln, nichts mehr dran, nur noch Haut und Knochen. Er muss ganz schnell nach Berlin. Dieter, ein Freund von Papa, hat einen VW-Bus, in den wir eine Art Bett einbauen und Papa darin deponieren. Wir fahren sofort los. Die Fußheizung bringt meine Füße auf der langen Fahrt zum kochen und gammeln. Ich beschwere mich nicht darüber, obwohl es wahrscheinlich gar kein Problem wäre, die blöde Heizung angenehmer einzustellen. Ist das armselig von mir. Von Papa hört man keinen Mucks, er liegt hinten im Autobusbett wie ein Toter. Dieter und ich wechseln kaum ein Wort, dennoch vergeht die Fahrtzeit nach Berlin für mich wie im Fluge. Wir machen einen Zwischenstopp. Papa macht sich bemerkbar und gibt uns zu verstehen, dass er eine Roth-Händle rauchen möchte.

In Berlin bin ich noch nie gewesen und habe beim Erreichen des Stadtrandes das Gefühl, einen fremden Planeten zu durchfahren. Die Avus, eine Schnellstraße, die in die Stadtmitte führt, wirkt bei Nacht für mich wie eine sterile Betonhauptschlagader ohne Ausgang. Endlich führt eine Abfahrt zum Virchow Klinikum, wir liefern Papa ab, der nichts davon mitbekommt, weil er schon fast im Himmel ist. Die Leute, die ihn in Empfang nehmen, wissen was zu tun ist. Kein Abschied, denn Papa bekommt um sich herum nichts mehr mit.

Dieter und ich verlassen sprachlos Berlin und fahren nach Hause.

Es dauert gar nicht lange, und die Verfassung meines Vaters verbessert sich. Er bekommt eine heftige Chemotherapie, die sehr gut anschlägt und in großen Intervallen von ein bis drei Monaten fortgesetzt werden soll. Nach ein paar Wochen darf er die Klinik wieder verlassen und tritt den Rückweg mit dem Flugzeug an.

Drei Jahre, schätzen die Profis, hat er noch zum Leben.

12. Kotelettenwunder

Als Entspannung von der Arbeit im Modeladen und dem Familiendrama um Papas Krankheit nehme ich während der Osterferien einen Kochjob für vier Wochen auf der Insel Norderney an. Mit der 200ccm Vespa von Papa und einem kleinen Stück Hasch in der Hosentasche fahre ich, wetterfest gekleidet, Richtung Norden.

In Norden geht eine Fähre nach Norderney, die Vespa bleibt sicher abgestellt auf dem Festland, denn Autos und Motorräder sind auf Norderney verboten. Endlich in dem Fischrestaurant angekommen, die hungrigen Kunden stehen Schlange vor dem Eingangsbereich, wird mir vom spießigen, aber stolzen Chef persönlich die Küche gezeigt und das Küchenpersonal kurz vorgestellt. Alles recht schräge Typen, von denen mir einer, der irre lange und dicke Koteletten hat, meine Unterkunft zeigen soll. Kotelettenwunder und ich gehen flott ein paar Schritte durch die von schönen, hohen Altbauten umsäumte Fußgängerzone. Unser Ziel ist ein knallblau gestrichener Bau, wir gehen ins dritte Stockwerk hoch. Erster Streich: Ich muss mir ein popelig kleines Zimmer mit Kotelettenwunder teilen. Das kann ja was werden!

Ich soll sofort mit der Arbeit beginnen, deponiere nur meine sieben Sachen in dem Nachtquartier und nix wie los ins Küchengewimmel. Der Chefkoch hat lange und dunkle, fettige Haare, die strähnig auf seiner ehemals weißen Kochjacke hin und her flutschen. Die Hose ist durch zahlreiche Löcher gut belüftet. Freundlich, frisch und fröhlich begrüßt er mich zwischen einigen gekonnten und schnellen Fischzerlegeattacken. Witziger Typ! An der Abwäsche begrüßt mich ein bemitleidenswerter, etwas pummeliger Bär, der mir seinen Ausschlag an den Armen zeigt. Gummihandschuhe zu benutzen wäre hier angebracht, denn das Spülkonzentrat frisst sichtlich seine Haut kaputt. Ich schlage ihm dies vor. Er guckt mich an, als wäre ich ein Heiliger und tunkt seine Hände wieder in die Giftbrühe. Trotz seiner zur Schau gestellten Abgestumpftheit ist er mir sympathisch. Für den abgefahrenen Siebzigerjahre-Style von Kotelettenwunder hege ich große Bewunderung. Dazu kommt er einfach, selbstbewusst, unmodisch, irgendwie hypercool rüber.

Zweiter Streich: Von elf Uhr früh bis neun Uhr spät wird geschuftet, danach will ich nur noch schlafen. Abgekämpft vom ersten Arbeitstag in unserem muckeligen Zimmer angekommen, Kotelettenwunder ist noch nicht hier, lege ich mich sofort ins Bett. Bumm, Bumm, Bumm – meine empfindlichen Ohren hören die lauten Schläge einer Basstrommel. Was kann das sein? Es dauert lange, bis ich, angepisst vom Lärm, einschlafe. Der Lüftungsschacht einer Discothek befindet sich direkt in den Wänden unseres Zimmers, erklärt mir Kotelettenwunder am ersten gemeinsamen Morgen. »Das geht immer so bis vier Uhr«, sagt er gelassen. Er ist echt nett, nervt nicht, war im Knast, wie die anderen zwei Küchenprofis, und hat in harten Alkoholikerzeiten im Notfall Rasierwasser getrunken. Zur Zeit ist er clean.

Anders als in den noblen Restaurants sind die Kollegen in der Küche hier voll okay. Auf Norderney arbeiten die, die auf dem Festland keiner einstellt, denke ich mir. Ich frag' nicht, was sie verbrochen haben, Hauptsache, sie sind nett zu mir.

Nach der Arbeit verkrümel ich mich jeden Abend in die hinterste Ecke einer großen Bühne mit muschelförmigem Dach, die nicht weit entfernt vom Bumm Bumm Haus auf einer Art Marktplatz fest installiert ist, um dort einen Stickie zu rauchen, der mir die Nacht verschönern soll und mich den gewesenen Tag vergessen lässt. Heute will ich wissen, wo der nächtliche Krach herkommt und suche die Discothek. Ich gehe da rein und sofort werde ich von einem weiblichen Gast per Augenkontakt in Besitz genommen. Ich lasse mich schnurstracks von ihren Blicken lenken und setze mich neben sie. Nach einer kurzen Vorstellung – sie ist echt hübsch und nett – beginnt sie auch schon, an mir herumzufummeln. Eine junge Kellnerin wie sie ist auf der einsamen Insel natürlich sexuell unterfordert, denke ich mir, und freut sich, einen normalen, smarten Kerl wie mich hier mitten in der Woche anzutreffen. Allerdings geht mir das hier gerade entschieden zu schnell und ich ziehe mich irgendwie aus der Affäre. Am nächsten Abend gehe ich nochmal in die Disco, einszweidrei lande ich mit der Kellnerin in ihrer kleinen Bude. Die Nacht mit ihr ist schön, die Bumserei aber auch sehr anstrengend. Zehn bis elf Stunden Arbeit und dann noch ausgiebig bumsen hat mich so gefordert, dass ich am nächsten Tag drei Stunden zu spät in die Küche komme. Einmal werde ich vom Chefkoch an den Strand geschickt, um Wasser für Austern zu holen. Einmal besuchen mich meine Eltern und wir gehen an der wundervollen Strandpromenade Eis essen und genießen den sonnigen Ausblick auf die wellige Nordsee. Ansonsten sehe ich während meines Aufenthaltes nichts von der Insel.

Dritter Streich: Nach vier Wochen anstrengender Küchenarbeit bekomme ich als Dank für mein Engagement umgerechnet – kein Scheiß jetzt – einen Arbeitslohn von drei D-Mark die Stunde. Ich nehme diesen fiesen Beschiss allerdings einfach so hin. Ich rege mich nicht darüber auf, denn die Zeit mit den abgefahrenen Knastis war für mein Wohlbefinden wertvoller als Geld.

13. Eddie

Endlich meldet sich der Basslehrer, es kann losgehen mit dem Unterricht, nach elf Monaten Wartezeit. Bei einer Probestunde checkt er mein Können und Wissen routiniert ab und wir sprechen über das Ziel des Unterrichts. Ein Jazz- und Popstudium zu absolvieren, ist mein Ziel, sage ich ihm, und frage, wie lange die Vorbereitung dafür dauern könnte, doch er antwortet nicht. Woher soll der Mann denn wissen, wie schnell ich lerne? Die Probestunde war auf jeden Fall hervorragend und am Ende der Stunde besprechen wir den nächsten Unterrichtstermin. Einmal die Woche fahre ich nun mit Papas Auto zum circa siebzig Kilometer entfernten Bassunterricht, der endlich, nach fast einem Jahr Wartezeit, bei dem göttlichen Basslehrer namens Eddie beginnt. Eddie ist ein 1a Jazzmusiker und Harmonielehre-Crack, außerdem spielt er diese geilen Jaco Pastorius- sowie Motown-Songs locker und flockig. Er kann, ohne die Finger der rechten Hand zu benutzen, mit der man eigentlich die Saiten zupft, ein geiles, schnelles Solo durch kraftvolles Greifen mit den Fingern der linken Hand hinlegen und groovt dabei ohne Ende. Ein lustiger Nachteil aber ist sein Bedürfnis, mir von seiner Lachsansiedlung in renaturierten Gewässern und vom Angeln zu erzählen, wobei wertvolle Unterrichtsminuten flöten gehen. Jedes mal fängt er wieder von den Lachsen an, was aber im Endeffekt dann doch nicht so schlimm ist, denn er kann einem in kürzester Zeit genügend gut logisch dosierten Stoff zum Aufarbeiten für eine Woche an den Kopf knallen.

Genau das will ich von dem abgefahrenen Kerl, dessen Gesicht man vor lauter Bart kaum sehen kann.

Gewissenhaft und zielstrebig, wie es in der allgemeinen Schule nie passiert ist, erarbeite ich Tag für Tag den zu erlernenden Stoff. Merkwürdig, er gibt mir nie irgendwelche Arbeitsblätter, sehr gut, sondern erklärt und zeigt, was ich zu kapieren habe und auf dem Bass üben soll.

Na ja, ein Buch mit wegweisenden Basslinien von Bassisten der Motown Ära muss ich mir dann aber doch besorgen. Darin befinden sich Hintergrundinformationen und Lieder mit Bassnoten, die jeder Bassist zumindest mal gelesen und ausprobiert haben sollte. Der erste Song aus dem Motown Buch, den ich lernen soll, ist noch verhältnismäßig einfach. »Can't Hurry Love« heißt er. Der zweite Song namens »Ain't No Mountain High Enough« dagegen ist schon viel schwieriger und enthält die geilsten Basslinien, die es auf diesem Planeten gibt. Die Basslinien von diesem Song erwecken in mir Bilder, die aussehen wie ein langer Spaziergang durch eine warme und schöne Gegend. Note für Note und Pause für Pause schaffe ich mir diesen Song in tagelanger Kleinstarbeit 'rauf.

Eine Sauarbeit, noch nie habe ich einen Song nach Noten gespielt.

Mein Lehrer ist sichtlich beeindruckt, als ich ihm den Song nach zwei Wochen noch nicht perfekt, aber schon ganz ordentlich, mit Playback vorspiele. Wenn ich will, kann ich ne Menge schwieriger Dinge lernen, muss ich feststellen.

Zum ersten Mal in meinem Leben bin ich ein Streber, denn für eine Aufnahmeprüfung muss ich topfit sein, also weiter üben und lernen, täglich mindestens drei Stunden ist das Motto. Oft übe ich bis zu sechs Stunden am Tag: Pentatonik, Kirchentonleiter, Walking-Bass, Technik, Melodien,

Basslinien, Soli und slappen. Mit Jazz-Harmonielehre und Notenlesen habe ich zum Glück schon ein Jahr vor dem Bassunterricht begonnen und verstehe jetzt auch langsam die Zusammenhänge der Harmonielehre. Besonders Walking-Basslinien, die im Jazz oft gebraucht werden, kann man, wenn man nicht allein stumpf nachspielen will, nur durch Kenntnisse in der Harmonielehre kreieren, improvisieren und spielen. Das hilft auch für alle anderen Musikrichtungen und eröffnet unendliche Variationsmöglichkeiten.

Ich liebe es, funkig improvisierte Basslinien auf Sessions mit guten Musikern zu spielen. Wenn dann einer fragt, was ich denn da gespielt habe und ob ich es ihm zeigen kann, stehe ich ratlos da, denn es war halt speziell für den Moment und mit Hilfe der Inspiration der Mitmusiker improvisiert.

14. Mum

Papa hat sich inzwischen an seine Fernbeziehung mit der Chemotherapie in Berlin gewöhnt und es geht ihm ganz gut damit. Mit großer Hoffnung und einem starken Lebenswillen versucht er den Krebs zu besiegen und erarbeitet sich durch Joggen und Krafttraining seine knackige Figur zurück. Da er früher ein erfolgreicher Leichtathlet war und auch sonst immer Sport getrieben hat, weiß er, wie das gehandhabt wird und besitzt auch den nötigen Ehrgeiz dazu.

Wenn ich ihn ohne Kleidung sehe, denk ich: »Scheiße, der sieht besser aus als ich«. Im Modeladen ist er auch wieder dabei und regelt den ganzen Papierkram, den meine Mutter und ich nur schwer oder gar nicht vernünftig abarbeiten können. Mum hat sich verändert. Ihre fröhliche Ausstrahlung hat sich vorerst verabschiedet und sie agiert wie eine traumatisierte Arbeitsameise. Der schreckliche Verlauf von Papas Krankheitsmisere hat sie irgendwie in einen Zustand des Dauerschocks versetzt. Dazu belastet sie zusätzlich die Krankheit ihrer Mutter, also meiner Oma. Diese liebe Frau hatte, kurz bevor es meinem Vater so richtig schlecht ging, einen Schlaganfall und ist seitdem halbseitig gelähmt. Auch im Kopf, das alles ist zu viel für Mum.

Wenn es meiner Mutter schlecht geht, überträgt sich das automatisch und schleichend auch auf meinen Gemütszustand, der sich zum Schutz das einfachste Mittel, nämlich die Droge Kiff, reinzieht, um einigermaßen mit dem Desaster klarzukommen oder auch nicht. Der Gedanke, dass die

Betäubung mit Gras oder Hasch genau der falsche Weg ist, um Probleme zu lösen, kommt mir natürlich nicht in den Sinn. Wie alle anderen in meiner Familie fresse ich das Problem in mich hinein.

15. Toto

Das Zittern um ein Leben und der Stress, der damit verbunden ist, veranlassen mich, diese anstrengende Umgebung, das Haus von Mum und Papa, zu verlassen. Mir wird ein kleines Zimmer in der WG von Bekannten für nur hundert Mark angeboten. Die WG liegt in einem superschönen, etwas heruntergekommenen Altbau im vierten Stock direkt an der Kneipenmeile der Stadt und nur drei Minuten von meinem peinlichen Arbeitsplatz entfernt. Nach einer kurzen Begutachtung der Wohnung und des knapp neun Quadratmeter großen Zimmers, praktisch gelegen gegenüber der Wohnungstür, wird der Deal ohne Vertrag mit einem Handschlag besiegelt. Die Wände sind mit schlechter Farbe gestrichen. Wenn man mit dem Finger rüberstreicht, wird er weiß und der Ausblick aus dem Fenster ist eigentlich gar keiner. Ich sehe einfach nur auf eine circa zwei Meter entfernte dreckige, steuererklärungsgrüne Wand.

Wenn ich meinen Kopf ganz aus dem Fenster strecke und nach links schaue, kann ich zwischen den sich gegenüber liegenden Wänden hindurch die breite, mit grauem Wasser gefüllte Weser sehen. Der Fußboden ist aus massiven kackbraunen, mit weißen Farbklecksen übersäten Holzdielen, dazwischen beachtliche Fugen, die allen Dreck auffangen. Ich gestalte das Zimmer halbwegs wohntauglich und ziehe dort ein. Gleich am ersten Tag baue ich mir ein lebensgefährliches, wackeliges Hochbett aus einem Metalllattenrost, einem schmalen Balken, insgesamt fünf Schrauben plus Dübeln und drei Winkeln.

Das Hochbett ist seitlich direkt vor das Zimmerfenster auf Höhe des Fensterkreuzes gebaut, ziemlich hoch. Falls eine der drei Schrauben ihren Halt verlieren sollte, könnte ich direkt aus dem Fester in den vermüllten Minihof abstürzen und aus. Aqua, ein Gitarrist, der in dieser WG wohnt, nervt mich recht schnell mit seiner Toto Plattensammlung. Er bittet mich in sein Zimmer, zeigt mir die komplette

Schallplattensammlung und beginnt Vorträge über die Musiker von Toto zu halten und ist total euphorisch dabei. Zum Glück merkt er, nach einigen von mir abgewürgten Vorträgen, dass ich auf sowas keinen Bock habe und nervt mich nur noch maximal fünf Minuten, wenn er es nicht mehr aushalten kann, sein Wissen nicht an mich weiter zu geben. Ansonsten ist Aqua lieb, lustig und hilfsbereit. Mit seiner pfundigen Freundin treibt er es oft und laut. Einmal bin ich ohne anzuklopfen in sein Zimmer gestürmt, um etwas zu fragen. Da waren die beiden gerade freudig am poppen und begrüßten mich gut gelaunt und mit einem gewissen Stolz auf ihre vorbildlichen sexuellen Aktivitäten.

Nachts läuft laut ein Radio in der Wohnung. Frischi, der Krankenwagenfahrer, kann ohne den Lärm nicht schlafen, weil er von den schrecklichen Unfalleinsätzen und dem damit einhergehenden Krach wie Alarm, Funkgequassel und Tatü Tata leicht gestört ist.

Mitbewohner Nummer drei ist ein ruhiger Genusskiffer, der oft Besuch von anderen Kiffern hat, Flugzeugbauer lernt und heimlich tolle Titanarmreifen, die wie ein Regenbogen schimmern, herstellt. Bei ihm kann ich, wenn mir danach ist, zwischen den täglichen Bass-Übungseinheiten beim Kiffen mitmischen und bei guter Musik nett quatschen. Im Großen und Ganzen ist es eine sehr angenehme Wohngemeinschaft, aber auf längere Sicht für mich nicht komfortabel genug.

Wie so oft, denn ich drücke mich gern davor, Lösungen für Probleme zu finden oder Träume in die Realität umzusetzen, kommt alles von selbst auf mich zugeflogen: Geld, Frauen und dringend benötigt, ein besseres Zimmer. Maxl, zu dem ich in letzter Zeit nur noch durch unsere Band, in der auch Deli spielt, Kontakt hatte, bietet mir ein Zimmer um die Ecke an, als Mitbewohner seiner geilen Zweizimmerwohnung. Das Zimmer ist natürlich teurer als mein bisheriges und im Moment noch von seinem Bruder bewohnt, aber es ist sicher, dass ich es sehr bald bekomme. Als es endlich soweit ist, und ich mit meinen paar Sachen bei Maxl ankomme, empfängt er mich liebevoll und führt mich stolz in den blitzblanken, schönen und hellen, mit zwei großen Fenstern bestückten Raum, in dem schon ein fertig bezogenes Bett kunstvoll platziert wurde. Es ist einfach eine Matratze auf dem weißen Kunststofffußboden, die ich darauf leicht schieben kann, wohin ich will und wie es mir am besten gefällt. Ein Stuhl, ein Tisch, das Kawumm, Klamotten, Waschzeug, mein Bass und eine Musikanlage mit der dazugehörigen Musik sind schnell integriert und sollen reichen, um hier die nächste Zeit zu leben. Einen Fernseher, der die Abende zum Vermüllen des Gehirns nutzt, hatte ich vorher auch nicht. Gegenüber unserer Wohnung, die im vierten Stock liegt, befindet sich die angesagteste Tanzkneipe der Stadt. Ich kann von meinen Zimmerfenstern aus genau sehen, wer dort einkehrt oder einfach vor der Tür rumsteht, endlos redet und säuft oder viel zu teure Drogen verkauft. Die heißesten und hippesten Abiweiber der Stadt sind in diesem Laden Stammgäste. Da wird natürlich gebaggert ohne Ende, denn die blühenden jungen Frauen ziehen das männliche Geschlecht wie ein Magnet dort hinein, um sich von diesen, nicht immer und nicht alle, zur rechten Zeit abschleppen zu lassen. Die Abschleppnummer beherrsche ich für keinen Pfennig und deswegen lasse ich mich in dem

Laden auch nicht so oft blicken. Die Rehe machen mich zwar geil, aber da ich sie nicht um den Finger wickeln kann, ich habe es nie gelernt, komm ich mir dort wie ein Spanner vor. Wenn die Musik, die dort aufgelegt wird, mich vom Hocker hauen würde, hätte ich einen guten Grund, dort Stammgast zu sein und zu tanzen. Aber wie üblich wird immer wieder die gleiche kommerzielle Musik gespielt. Ich brauche andere Situationen, um Kontakte zu Frauen zu knüpfen. Wer so tickt wie ich, sollte in einen Chor oder in eine Töpfergruppe gehen.

Das neue Heim ist hervorragend geeignet, um ausgiebig das Spiel auf dem Bass zu perfektionieren. Bis zu sechs Stunden, die ich mir in verschiedene Übungseinheiten einteile, übe ich täglich. Etwas zum Kiffen, als Belohnung am Abend oder zwischendurch, gibt's günstig gleich um die Ecke bei einem Dealer, der sein Gewerbe in einer Vier-Mann-Wohngemeinschaft betreibt und eine Haschsortenvielfalt anbietet, die locker mit jedem holländischen Coffeeshop mithalten kann. Roter Libanese, angenehm soft in der Wirkung und geschmacklich wie ein süßer orientalischer Nachtisch, ist mein Favorit.

16. Joko

Nach einer anstrengenden Bass-Übungsseinheit gehe ich mal wieder los zum Dealer und befinde mich im Treppenhaus seiner WG, als mir, kurz bevor ich dort im vierten Stock ankomme, Joko begegnet und mir mitteilt, dass dort niemand anzutreffen sei. Joko ist eine hübsche Koreanerin, die mit einem Bewohner der WG zusammen ist.

Ich hab sie natürlich bei zahlreichen Besuchen dort ein wenig kennengelernt und still bewundert, mir aber keine Chance ausgerechnet, da sie an den coolen Künstlertypen vergeben ist. Jetzt steht sie vor mir und ich merke, dass sie nicht weiß, was sie nun machen soll, weil ihr Zuhause nicht wie meins um die Ecke, sondern nur umständlich mit Bus und anschließend mit der Bahn zu erreichen ist.

Gehirnsynapsen sei Dank, frage ich, ob sie mit zu mir kommen möchte. Sie ist einverstanden. Ist das eine abgefahrene, spontane Eroberung. Vor ihrem Freund klug abgefangen, führe ich Joko in mein neues Heim mit dem super sauberen und sparsam eingerichteten Zimmer. So ein ordentliches und einladendes Zimmer hat sie von so einem wie mir nicht erwartet und ist beeindruckt, es scheint ihr zu gefallen. Wir unterhalten uns sehr gut und beschnuppern uns zärtlich und nach gut zwei Stunden geht sie dann rüber zu ihrem Lover. Ich hab mich leicht in sie verknallt, aber das war es dann wohl auch. Jokos Freund ist echt ein ganz netter Typ, der sehr gut malen kann, profimäßig.

Seine Zimmerdecke sieht aus wie ein trippiger Nachthimmel mit ganz klein gemalten, aus vielen bunten Nadelköpfen bestehenden Sternen in beeindruckenden Farben. Eine Galaxie, die an den Zimmerwänden wie flüssiger Honig ungleichmäßig bis zu einem Drittel des Raumes langsam herunterläuft. Die restliche Fläche der Wände zeigt bunte, bizarre Formen und Lebewesen, wiederum in sorgfältig ausgewählten Farben. Das alles ist in der Beschaffenheit eines Ölgemäldes, denn es gibt überall diese erhabenen Linien der Pinselführung. Wenn man dieses Zimmer betritt, befindet man sich sozusagen im Bild.

Einen Tag, nachdem Joko bei mir war, treffe ich sie mit einem Geigenkoffer in der Hand auf meinem Weg vom Bäcker nach Hause auf der Straße. Sie sagt: »Ich will zu dir«. Das haut mich fast um. Damit habe ich nicht gerechnet und kann es kaum glauben.

Sie will zu mir! Dass ihr Lover das vielleicht gar nicht witzig findet, ist mir wurscht, ist ja ihre Entscheidung, mit wem sie die Zeit verbringt. Wir gehen nach oben in mein Zimmer und sie fordert mich auf, ihr etwas auf dem E-Bass vorzuspielen. Ich lege los und improvisiere irgendwelche groovigen Basslinien und Soli, bis sie vorsichtig fragt, ob ich auch mal wieder aufhören kann. Ich habe die Zeit und auch sie fast vergessen und bin im Spiel versunken, was bei mir normal ist. Jetzt fordere ich sie auf, mir etwas vorzuspielen. Sie kann nur nach Noten spielen, unvorstellbar für mich, wo bleibt da die Kreativität? Sie legt sich ein Notenblatt auf meinen selbstgebauten Notenständer und fängt an zu spielen.

Ich höre gar nicht richtig zu, weil ich so glücklich über die unglaubliche Situation bin. Als sie dann fertig ist mit ihrem Vortrag und ich sie gelobt habe, geht es ziemlich schnell. Wir knutschen und fummeln, ziehen uns aus. Sie ist verdammt niedlich und schön. Ich sehe mir ihren Körper genau an und bin begeistert, besonders von ihrem wichtigsten Körperteil, welches auch hervorragend schmeckt. Joko bearbeitet meinen Skyscraper mit den Händen und mit dem Mund, und dann treiben wir es im Stehen. Sie lehnt sich mit ihren Ellenbogen auf die Fensterbank, als wenn sie entspannt herausschauen würde und ich vergnüge mich von hinten mit und in ihrem Körper. Von gegenüber werden wir von einigen interressierten Augen entdeckt, das gibt der Sache noch einen extra Kick.

Nach einer Weile legen wir uns wieder auf das Bett und ich bringe sie mit meinem Werkzeug zum ersten Orgasmus. Sie lässt sich weiter bedienen und bekommt noch einen zweiten Höhepunkt. Ich Vollidiot spiele ihr nun einen Orgasmus vor, was bei Männern natürlich gar nicht möglich ist und von ihr natürlich registriert wird. Den Mut, ihr Anweisungen zu geben, wie sie mich befriedigen kann, nämlich durch heftigen Hand- oder Mundbetrieb, bringe ich noch nicht auf und als sie fragt, ob ich gekommen bin, lüge ich Joko an. Ich kenne sie viel zu kurz und habe noch nicht das Vertrauen, um mit ihr offen über meine sexuellen Bedürfnisse zu reden. Vorteil der gescheiterten Besamung ist, dass eine Schwangerschaft nicht in Frage kommen kann, denn wir haben, so doof wie Gehirnamputierte, nicht verhütet. Joko scheint ihrem Freund nur noch wenig Beachtung zu schenken, denn sie besucht mich nun täglich gleich nachdem sie Schulschluss hat, was mich nach kurzer Zeit ziemlich nervt. Ich brauche meine Einsamkeit, kann gut viel allein sein, möchte den Tagesablauf selbst in der Hand haben und nicht gezwungen sein, irgendwas mit irgendwem zu machen. Mit Maxl hab ich da auch manchmal Probleme, wenn er mich abends fragt, ob ich mit in die Tanzkneipe gegenüber komme oder so. Wenn ich sage, dass ich keine Lust habe, ist er meistens enttäuscht und bleibt zu Hause. Warum geht er nicht alleine los? Vielleicht, da komm ich später erst drauf, weil er echt mein Freund ist und gerne Zeit mit mir in netter Umgebung verbringen will.

Joko ist nicht doof und bemerkt meine abnehmende Begeisterung, und zieht sich bald wieder zu ihrem Künstlerfreund zurück.

17. Traumhafter Gartensex

Deli kennt eine ganze Menge Frauen, die viel jünger sind als er, und hat sie wie ein Harem um sich gescharrt. Eine aus dieser Clique ist seine feste Freundin, mit der er sich meistens in der Wolle hat. Es ist ein wunderbarer Abend in Delis Garten, und die meisten Mädels sitzen draußen an einem kleinen Feuer und quatschen. Die Macker sind im Garten verstreut und reden über die Aufzucht von Cannabis und Musik. Am Feuer sitzt eine Frau, die mich heiß macht. Milchkaffeebraun, dunkelhaarig und mit geheimnisvollen Ebenholzaugen. Sie hockt dort mit eng angewinkelten Beinen. Sie trägt ein Kleid und ich kann ihr mit weißer Unterwäsche bedecktes Paradies sehen. Ob sie meine Blicke bemerkt hat? Nach dem Pinkeln, ganz hinten im Garten, laufe ich ihr direkt vor die Nase. Sie hockt in Pinkelposition und ist somit mit ihrem Gesicht auf der Höhe meines Schwanzes. Ich entschuldige mich und will vorbeigehen, doch sie bittet mich, zu bleiben und macht sich daran, meinen Hosenstall zu öffnen. Schnell hat sie mein Teil in ihrem Mund und arbeitet vorbildlich gut. Ich halt es nicht mehr aus, drücke sie weg und lege meine Jacke ins Gras. Sie rutscht auf die Jacke, lässt die Hose runter und wir treiben es schnell, aber trotzdem liebevoll und sehr intensiv. Ich kann's nicht fassen! Als wir wieder bei den anderen sind, lassen wir uns nichts anmerken, sie will es so. Ich bin total high vom Sex und genieße zufrieden das Geschehene.

Später erwache ich aus diesem Traum.

18. Jammern

Mir fällt es schwer, ein Ziel in meinem Leben zu bestimmen. Was will ich werden, womit soll ich meinen Lebensunterhalt verdienen? Natürlich möchte ich Musik oder besser gesagt: Bass studieren. Und meine Ruhe haben. Wenn ich vor Publikum auf der Bühne bin und ein Mikrophon verfügbar ist, bin ich im Stande, dieses mit Sprüchen, Songs und Texten aus dem Stegreif gut zu unterhalten.

Ich habe sehr viel Spaß am Komponieren und Texten, ohne Ideen von anderen zu klauen, wie viele andere. Wenn ich kopiere, dann handelt es sich allein um Sounds, die ich nachzuahmen versuche, zu verbessern und interessanter zu machen, als sie schon sind. Um diese Fähigkeiten bis zu einem zufriedenstellenden Ergebnis in Angriff zu nehmen und umzusetzen, fehlt mir noch der Antrieb und die Motivation. Zu viele Ideen ergeben einen Stau, einen Stillstand. Sich für eine Sache zu entscheiden, fällt mir auffallend schwer. Der Motor läuft, aber der Antriebsriemen greift nicht. Die Ursachen dafür sind nicht zu erkennen und nicht zu erklären. Der Versuch, mir dazu Fragen zu stellen, kommt mir erst gar nicht in den Sinn. Finanziell läuft es, meinem bescheidenen Lebensstandard entsprechend, komfortabel. Von irgendwoher, meistens ist es der Geldsammler Opa, kommen mir immer ein paar Geldscheinchen zugeflogen oder es findet sich, wenn's eng wird, kurzfristig ein Job in einer Küche oder im handwerklichen Bereich. Mit einem Joint im Anschlag läuft alles gut, ich lass mich nicht stressen.

Wenn mich jemand fragen würde, ich fühle mich leer und unterschwellig traurig.

19. Uptempo

Es ist soweit, mein Basslehrer Eddie gibt mir zu verstehen, dass es an der Zeit ist, mich für ein Musikstudium zu bewerben und ich bin doch recht überrascht über den frühen Zeitpunkt seines Cues. Es hat nur zwei Jahre gedauert und er schickt mich ernsthaft in die Welt.

Wo soll ich mich bewerben? In Deutschland an einer gut angesehenen Hochschule rechne ich mir keine Chancen aus. Es soll super hart sein, dort angenommen zu werden und manchmal nehmen sie, auf welchem Instrument auch immer, einfach keinen an.

Ich kenne einen Schlagzeuger, der in Süd-Holland Musik studiert. Er meint, es ist dort viel einfacher, erstmal über eine Aufnahmeprüfung angenommen zu werden. Ich erkundige mich, wo es Studienmöglichkeiten in Holland gibt und siehe da, in Groningen, nur zweieinhalb Stunden entfernt, gibt es eine Musikhochschule, an der zum einen Klassik und zum anderen der Fachbereich Jazz-Pop angeboten werden.

War es nicht sowieso immer schon ein Traum von mir, in happy-Holland zu studieren? Dort büffeln und leben. Es wäre doch echt geil und würde mich bestimmt aus dem Heimattrott herausbringen und meinen Horizont erweitern. Was für eine abgefahrene Vorstellung. Die Hanzehogeschool Groningen, das ist sie. Können die Deutsch? Ich rufe dort an und werde mit der PR Managerin verbunden. Sie spricht fast perfekt Deutsch und klingt sehr nett. Nachdem ich ihr mein Anliegen erklärt habe, gibt sie mir die Auskunft, dass im

Monat Mai des nächsten Jahres, also in acht Monaten, Aufnahmeprüfungen stattfinden und sie sich sehr freuen würde, wenn ich dabei wäre, cool. Meine Anschrift wird erfragt und sie will mir die Bewerbungsunterlagen für die Aufnahmeprüfung schicken. Jetzt ist der Motor gestartet und es war ganz einfach, einfach Hammer.

Post aus Holland habe ich noch nie bekommen und warte geduldig. Nach vier Tagen liegt sie in meinen Händen. Schönes Hochschullogo in schwachem Orange, die Schrift kunstvoll, mit einem altehrwürdigen Bau mit Turm. Nach einem Vorfreude-Hasch-Kawumm und Kaffee öffne ich den Brief erwartungsvoll. Der Inhalt ist in niederländischer Sprache gedruckt, was mich zu einer ersten kleinen Pause zwingt, bis ich nach Begutachtung weiterer Seiten die deutsche Version der Unterlagen entdecke und mich daran mache, sie gründlich zu studieren. Meine persönlichen Daten werden standardmäßig abgefragt. Das Studium dauert im günstigsten Fall vier Jahre, wenn man bei der Aufnahmeprüfung noch nicht fit genug ist, gibt es ein Vorschuljahr. Ist der Abschluss erfolgreich bewältigt, bekommt man den Titel »Ausführender Musiker«, ein Diplom, eine Gesamtnote und die entsprechenden Zensuren für die Kurse oder Fächer, die man besucht und belegt hat. Benotung eins bis zehn, wobei die Eins ganz schlecht bedeutet. Bei der Aufnahmeprüfung werden die theoretischen Kenntnisse wie Harmonielehre, Notenlesen etc. geprüft. Kassettenabspielgerät und Kopfhörer mitbringen.

Des Weiteren findet eine praktische Prüfung, der zwei Dozenten beisitzen, statt. In dieser soll ich einen von mir ausgewählten Jazzstandard und ein Popmusikstück vortragen. Bei Bedarf wird eine Begleitcombo zur Verfügung gestellt, geile Sache! Es fehlt leider nicht die Aufforderung, auch eine Jazzstandard-Klaviernummer anzubieten. Ich habe noch nie ernsthaft Klavier gespielt oder geübt, außer für das Erlernen und Verstehen der Harmonielehre. Klavier ist für mich das im Aufbau, sprich Anordnung der Töne, logischste Instrument schlechthin und für Harmonielehreübungen sehr zu empfehlen. Um aber einen Jazzstandard darauf zum Besten zu geben, benötige ich leider Unterricht.

Natürlich fängt mein Kopf sofort an, an einem effektiven Vorbereitungsplan für die Prüfung zu feilen und nach ausführlichem Gegrübel lege ich mich auf diese drei musikalischen Werke fest:

»Ain't No Mountain High Enough« von Marvin Gaye & Tammi Terrell, ein Motown Hit, den ich schon im Unterricht gelernt habe und mit Playback spielen werde. Als zweites »Anthropologie«, eine Be Bop Uptempo-Nummer von Charlie Parker, die mir sehr gefällt und bei der ich Walking Bass spielen werde und zusätzlich die komplizierte Melodie anbieten will. Bei dieser sehr schnellen Nummer, 220 Bpm Uptempo, brauch ich eine Begleitcombo von der Hochschule.

Für die Klavierprüfung habe ich mir das Stück »Autumn Leaves« von Johnny Mercer ausgesucht. Die Melodie und die Akkorde sind sehr eingängig und logisch aufgebaut und daher gut im Kopf zu behalten.

Ich will zuerst einen Klavierlehrer finden. Nach den Auskünften, die ich bekomme, gibt es in unserem Umkreis nur einen, der in Frage kommt, den ich aber nicht sympathisch finde und, es bleibt ja nichts anderes übrig, bei ihm eine Anfrage nach dem für mich speziellen Unterricht stelle. Er gibt mir einen naheliegenden Termin, zu dem ich dann erwartungsvoll pünktlich auf die Minute erscheine. Nach einer Stunde hat er mir alles beigebracht was ich benötige, um die Akkorde und die Melodie von dem Stück »Autumn Leaves« zu spielen. Ich habe es schnell kapiert und muss den Kram nun irgendwo, am besten auf einem richtigen Klavier üben. Ich frage in der Kirche, die zur Gemeinde gehört, weil ich weiß, dass dort ein so gut wie unbenutztes und gut gestimmtes Klavier herumsteht. Den Pastor, der mich von der Bahnunfallsache her kennt und mit mir darüber redete, was nichts brachte, frage ich, ob ich das Klavier ab und zu für die Vorbereitung auf das Studium nutzen darf. Er will erst den Kirchenvorstand fragen, der sagt nein. Einen Tag darauf bin ich aus der Kirche ausgetreten. Der Keyboarder aus einer Band, mit der ich mir zur Zeit ein paar Brötchen dazuverdiene, hat eine eigene Musikschule, in der wir proben und in der ich auch E-Bassunterricht gebe, zwei gute Pianos stehen dort. »Darf ich da üben?« – »Ja klar, no problem«. Er gibt mir den Schlüssel zu seiner Schule und als Dank steig ich in seinen Chor ein.

Um meine Notenkenntnisse zu festigen, ist es vorteilhaft, die Chorsätze, in meinem Fall die Bassstimme, genau zu erlernen. Jetzt kann es mit der Vorbereitung für die Aufnahmeprüfung richtig losgehen.

Die Arbeit im Geschäft meiner Eltern geht mir ziemlich auf den Sack. Ich brauche die Zeit zum Üben und Entspannen.

Trotz der schweren Krankheit meines Vaters und den sich daraus ergebenden Problemen, den Laden am Laufen zu halten und einer Mehrbelastung meiner Mutter, wenn ich nicht mehr helfe, setze ich mich nach längeren Diskussionen am Ende durch.

Meine Eltern zeigen sogar Verständnis, denn ihnen leuchtet ein, dass ich heftig üben will, was viel Zeit beansprucht und dass ich, spätestens bei Beginn des Studiums in Groningen, sowieso nicht mehr zur Verfügung stehen würde. Sie sind jetzt, schon acht Monate früher, auf sich allein gestellt und es wird noch schwieriger und anstrengender, die benötigten Finanzen zum Leben mit dem Laden einzufahren, besonders für Mum.

Ab elf Uhr am Morgen mache ich mich ans Üben. Meistens zuerst die Charlie Parker-Nummer, weil sie noch nagelneu für mich ist. Die Melodie ist scheißend schnell. Auf einer alten Schallplatte von Papa ist sie in Originalbesetzung zu hören und zu bestaunen. Das ist defenitiv zu schnell für meine Finger und nach langem Erlernen der ersten acht Takte Melodie, die Noten liegen vor, beschließe ich, das Tempo von 220 auf 160 beats per minute herunterzusetzen. Sehr angenehm, aber immer noch beboppig schnell. Den Walking Bass, also die Begleitung, erlerne ich anhand der Akkordsymbole z. B. Fmaj7 und des Zuhörens, denn Noten gibt es dafür nicht. Hätte auch keinen Bock drauf, die Walkingbasslinien zu kopieren. In den Übungspausen ziehe ich mir ein Haschkawumm in die Lungen, dann ist es nicht ganz so stumpfsinnig, ewig das Gleiche zu üben, aber wahrscheinlich dauert dadurch alles noch länger. Das THC und Nikotin zehrt an der Konzentration. Wenn ich erst in Holland bin, höre ich auf zu kiffen, dort benötige ich einen klaren Kopf, um den vielfältigen Anforderungen des Studiums standzuhalten. Das habe ich mir felsenfest vorgenommen. Nach der Charlie Parker Übungsprozedur mach ich mich an die geniale Motown Nummer »Ain't no Mountain High Enough«, deren Basslinie es in drei verschiedenen Ausführungen in meinem Motown-Basslehrbuch in Notenschrift gibt. Erstmal die schon erarbeitete Charthit Version, die auch die längste und langsamste ist, danach die anderen beiden abgewandelten, die einfach supergroovi und cool sind. Auch bei denen dauert es wegen der hohen Geschwindigkeit ewig, bis ich die Noten durch mein Gehirn und dann durch die Finger auf dem Instrument zum Klingen bringe. Jeden Tag wird es immer etwas besser, und auch lebendiger.

Zum Überprüfen meiner Arbeit habe ich die Kassette, auf denen alle drei Versionen des Songs in kompletter Besetzung zu hören sind. Erst wenn ich mich fit genug fühle, werde ich mit den Aufnahmen parallel üben.

Klaviertraining kommt für mich nur am Abend in Frage, wenn die Musikschule, in der ich üben darf, absolut leer ist.

Unangenehm einerseits, den coolen Mucker raushängen zu lassen und andererseits auf dem Klavier rumzustolpern.

Melodie und Akkorde gleichzeitig zu spielen, ist eine ganz neue Herausforderung und nimmt viel Zeit und Konzentration in Anspruch. Eigentlich erscheint es unmöglich, was ich bei der Klavierprüfung vorhabe, doch was bleibt mir anderes übrig, ich will es schaffen.

Die einzige aufregende Abwechslung besteht darin, mir, wenn die Haschration alle ist, neuen Stoff zu besorgen, was nicht nur hochinteressant, sondern auch gefährlich sein kann.

Zur Zeit kaufe ich bei einem crazy Elektronik Freak, der mit seiner Freundin, sie sieht aus wie eine blonde streunende Katze, keinen Kilometer entfernt in der vierten Etage eines Altbaus wohnt und dem ich mal einen wahnsinnig schweren Sound City Gitarrenverstärker geschenkt habe, der kaputt war. Na ja, ich klingel dort und werde reingelassen, geh die endlosen Treppen nach oben in die große, chaotische Wohnung und will gerade mein Stückchen Hasch ordern, als die Eingangstür von außen aufgetreten wird und bewaffnete Marsmenschen in den Flur und in die Zimmer stürmen. Wie im Kino. Polizei in abgefahrener Kampfausstattung und mit schönen Schäferhunden belagert und sichert den Gefahrenbereich.

Ich steh im Flur und bin baff. Eines von den Monstern fragt, was ich dort will. »Habe einen Gitarrenverstärker zum Reparieren vorbeigebracht«. Ich darf gehen. Komisch, mit Polizeistress hab ich meistens Glück. Die haben bei ihm nichts gefunden, obwohl er eine einhundert Gramm Platte ganz simpel hinter seiner Musikanlage liegen hatte, erfahre ich später. Tolle Schäferhunde.

Was heißt hier aufregende Abwechslung? Es ist jedesmal irgendwie erniedrigend und arm, zu einem Dealer zu gehen, in der Hoffnung, ihn auch anzutreffen. Die tolle Droge kostet Geld, und um sie zu finanzieren, verzichte ich auf einen ganz »normalen« Lebensstil. Das Hasch ersetzt viele Bedürfnisse wie Reisen, neue Klamotten, nobel Fernsehen oder Kino.

20. Passport

Ich war so ungefähr drei Jahre alt, als meine Eltern eine kleine Party im Wohnzimmer unserer Wohnung abhielten.

Meine Schwester und ich öffneten heimlich die Tür zu dem Raum, nur einen Spalt breit und es brannte sich in mein Gehirn ein, was ich dort im Zigarettennebel sah und hörte.

Wilde, ungewöhnliche Musik namens Free Jazz klang laut durch die großen Lautsprecherboxen. Alle Anwesenden waren in bester Stimmung und einige von ihnen bewegten ihre Köpfe im Rhythmus der, nach meinem Gefühl, wahnsinnig aufregenden und anstrengenden Musik. Die sind alle vollkommen verrückt und durchgedreht, dachte ich. Es war normal, dass ab und an wilde oder aber auch richtig schöne Jazzmusik bei uns erklang und an manchen Wochenenden, die wir mit Freunden oder Verwandten in unserem niedlichen Wochenenddomizil verbrachten, holte Papa die Gitarre bei netter Runde am Abend raus, spielte bekannte Gassenhauer wie »Hallo, kleines Fräulein« oder »Sweet Georgia Brown« und sang dazu. Das war einfach spitzenmäßig und mitreißend gut. Fast alle sangen mit und hatten Spaß.

Papa ist ein klasse Rhythmusgitarrist. Der geht ab wie ein Sprinter mit konstanter Geschwindigkeit und versetzt die anwesende Gesellschaft in Partystimmung.

Auf einer Feier in dem Dorf unseres Wochenenddomizils sah ich dann als kleiner Furz auch die erste Liveband im Saal des Gasthauses »Zur Linde«. Die Vier-Mann-Combo spielte das Lied »Rosamunde«, welches durch eine Echolette

Soundanlage, der Name ist so lustig, in schrecklicher Tonqualität, aber heiter und stimmungsvoll erklang.

Die Musiker waren richtige sportliche und sympathische Bauerntypen mit roten Wangen. Ich weiß noch genau, wie das damals war und werde es nie vergessen. Obwohl ich kein Schlagerfan bin, mag ich dieses Rosamunde-Lied seitdem sehr. Es erweckt sofort die lang zurückliegenden Dorftanzsaal-Kindheitserinnerungen. Das erste richtig amtliche Liveconcert besuchte ich mit Mum, Papa und Schwester im Alter von acht Jahren und kam aus dem Staunen nicht mehr raus. Klaus Doldingers Passport Jazzrock Ensemble machte den großen Theatersaal zu einem brodelnden Improvisationskochtopf. Die Zuhörer saßen gebannt in ihren komfortablen Sesseln, einige bewegten ihre Köpfe im Rhythmus der Musik. Der Saxofonist und Chef der ganzen Band, Klaus Doldinger, spielt sehnsüchtige Melodielinien mit seinem kompliziert wirkenden Instrument und wiederholt die Melodien dann, um zu verdeutlichen, was er will. Die Band hält zu ihm und unterstützt seine Aussagen mit einfühlsamen, verständnisvollen musikalischen Reaktionen. Ab und zu bricht einer aus und meckert auf seinem eigenen Instrument über die melodischen Statements vom Saxofon, um seine andere Ansicht des Themas zu untermauern. Unerklärlich, warum kann ich die Trommelstöcke von dem traumhaft schönen, wie ein Seeräuber aussehenden Schlagzeuger nicht sehen? Seine weiten weißen Hemdsärmel flattern im Takt. Seeräuberkapitän Kurt Cress, so ist der Name des Schlagzeugers, lenkt das Schiff durch die aufgewühlte See und wirkt dabei sehr konzentriert und gleichzeitig entspannt. Die Ärmel seines Hemdes und unsichtbare Sticks, faszinierend. Das ganze Konzert war ein Hammer, besser gesagt ein Vorschlaghammer.

Kleine Jungen sind schnell hin und weg, wenn sie ein Schlagzeug sehen und hören. Da kann man mal richtig schön Krach machen und darauf herumhauen, dafür ist das Schlagzeug erfunden worden. Ich bekam kurz nach diesem genialen Doldinger Konzert ein Schlagzeug zum Osterfest als Geschenk, obwohl ich es mir nicht gewünscht habe. Meine Schwester bekam am selben Tag ein Glockenspiel, wie ungerecht. Ich fabrizierte einen Höllenlärm auf den Trommeln und Becken und hatte einen Heidenspaß, wild um mich zu schlagen. Schwesterchen machte Pling Plang dazu und musste feststellen, dass ihr Instrument gegen meines leider Gottes lautstärkemäßig überhaupt nicht ankam und kapitulierte genervt vor der Lautstärke des Schlagzeuges. Da ich nicht wirklich wusste, wie auf einem Schlagzeug richtige Rhythmen gespielt werden und keiner auf die Idee kam, mich mal zu einem Schlagzeuglehrer zu schicken, hatte ich irgendwann keine Lust mehr, mit dem Instrument eine Freundschaft einzugehen und es blieb dann, die Becken waren schon krumm geschlagen, so gut wie unberührt. Gut zehn Jahre später schaute ich mir die grundlegenden Schlagzeugrhythmen bei Maxl ab und übe sie seitdem ein bisschen, wenn sich eine entspannte Gelegenheit ergibt.

21. Prüfung

In meinem Elternhaus lerne ich jetzt stetig für die Aufnahmeprüfung, weil es in meiner Bude auf die Dauer erdrückend und langweilig ist. Zuhause gibt es einen urigen Garten, in dem ich Kräfte sammeln kann und Abwechslung finde. Büsche schneiden, Rasen mähen, Obst ernten, Holz hacken und einfach die ganzen Tierchen beobachten. Amseln sind auf der Suche nach dicken Insekten und Würmern. Meisen hängen kopfüber an Ästen, flink nach Kleintieren suchend. Wenn eine Katze durch die Büsche schleicht, schimpfen die Amseln hektisch und lösen damit Alarm für viele, der Katze unterlegenen Gartenbewohner aus. Spacige Libellen in den schönsten Farben zeigen ihre Flugkunst. Superschnelle zackige Bewegungen, technische Perfektion, unerreichbar für den Menschen und seine Erfindungen.

Pelze sind verpönt, doch Hummeln dürfen sie tragen. Die Hummeln teilen sich mit Wespen, Bienen und anderen interessanten Flugobjekten den süßen Saft, der hier an Blumen, Bäumen und Kräutern wachsenden Blüten. Ich liebe und brauche die Natur, das ungleichmäßig-mäßige.

Im Osten des Landes, in Mecklenburg-Vorpommern, wo die Natur beeindruckend unberührt sein soll, ist Papa oft unterwegs. Dort vergräbt er sich mit seinen Leiden auf der Suche nach Heilung in der Landschaft und nachts in seinem Zelt, oder er ist in Berlin bei der beschissenen Chemotherapie. Wenn er hier zuhause rumkriecht, ist es nicht so entspannt für mich. Sein Krankheitszustand zieht mich runter, aber er mag es, wenn ich da bin und übe.

Er ist ein Jazzfan und diese Charly Parker-Nummer, die ich dauernd büffel, lässt ihn ganz unruhig werden.

»Es wäre doch toll, wenn wir die Nummer mal zusammen üben«, schlage ich vor. Er traut es sich nicht zu, weil die vielen komplizierten Akkordsymbole ihm zu fremd aussehen.

»Papperlapapp, sieht nur kompliziert aus, ist aber ganz simpel, du kannst das«. Ich zeig ihm die Akkorde, sprich Griffe, die er benötigt, um mich zu begleiten. Er passt gut auf und übt die für ihn fremden Gitarrengriffe immer wieder konzentriert und mit großem Willen, bis er das ganze Musikstück auswendig spielen kann. Eine neue Erfahrung, ich habe meinem Vater etwas beigebracht. Wenn er hier ist, brauch ich nur Bescheid zu sagen und er begleitet mich mit großem Enthusiasmus. Wir üben mit Metronom, klack klick klick klick, was Papas Konzentration noch mehr herausfordert. Es macht mir richtig Spaß und für ihn sind die Sessions mit mir eine Reise, bei der er seine schreckliche Krankheit und alle Sorgen vergisst. Die Vorbereitungstage vergehen wie Seifenblasen, mal klein mal groß oder sie platzen gleich, nämlich dann, wenn zuhause meine Hilfe dringend benötigt wird und ich nicht in Ruhe üben kann. Toilette verstopft, Löcher im Dach, irgendwas kaputt oder Papa nach Berlin fahren.

Mein Vater traut mir viele Reparaturangelegenheiten gar nicht zu, was mich richtig nervt, aber mir auch den Ehrgeiz gibt, die Reparaturen erfolgreich ausführen zu wollen. Ich tue es dann auch ruhig und zielstrebig, meistens mit Erfolg. Egal, was ansteht, es wird an mir gezweifelt, außer bei der Gartenarbeit, den Chauffeursdiensten oder, es ist endlich vorbei, im Laden. Auch die Sache mit dem Studium traut er mir wahrscheinlich nicht zu. Seine Blicke sagten es mir, als ich mein Vorhaben das erste Mal erwähnt habe.

Noch eine Woche bis zur Aufnahmeprüfung. Ich übe mir den Arsch ab und kiffe zwischendurch gegen meine Aufgeregtheit an. Alles was ich mir vorspieltechnisch und zum Thema Theorie vorgenommen habe, lässt sich durchaus anbieten, nur auf dem Klavier bin ich nicht überzeugt von meinen Künsten. Was soll's, mehr kann ich aus dem faszinierenden Instrument einfach nicht zaubern. Meine Hände und die Klaviatur kennen sich noch nicht lange genug, um ein enges harmonisches Verhältnis einzugehen.

Schwerpunkt der Prüfung ist für mich Bass spielen und Theorie.

Wir fahren einen Tag vor der Prüfung mit dem Auto Richtung Groningen los. Mum und Paps wollen sich das nicht entgehen lassen und sind als seelische Unterstützung dabei. In einem kleinen Dorf bei Groningen nehmen wir uns zwei Zimmer in einem Hotel und fahren dann Richtung Stadt, um dort zu schauen, wo sich die Hochschule befindet, denn wir wollen, dass ich am nächsten Morgen pünktlich um zehn Uhr dreißig bereit bin für das Casting. Anschließend speisen wir in einem Restaurant über den Dächern Groningens, welches sich in einer Art Penthouse auf einem Gebäude am Marktplatz in der Stadtmitte befindet. Das Essen ist optisch ansprechend, aber geschmacklich lahm, die Stimmung locker und entspannt. Alles so, wie es sich in Holland gehört. Zurück im Hotel bemerkt mein Vater, wie aufgeregt ich bin und sagt: »Was du jetzt kannst, das kannst du gut. Mach dich nicht verrückt!« Trotzdem mache ich vor dem Schlafengehen noch einen Spaziergang an der Landstraße, um wie ein Sportler die Abläufe der Kür im Kopf durchzugehen. Einen ganz kleinen Joint rauche ich später im Hotel als Betthupferl zur Beruhigung und schlafe wie betäubt ein. Das Frühstück rauscht vorbei. Mein Vater meckert über den nächtlichen Krach der rücksichtslosen holländischen Hotelgäste.

Die Aufnahmeprüfung beginnt mit einer netten Begrüßung der Public Relations-Tante. Sie erklärt mir in deutscher Sprache den Ablauf der Prüfung, fragt, ob ich alles dafür mitgebracht habe und bittet mich, noch etwas zu warten. Die Tür zum Klassenzimmer steht offen. Ich bin allein, wundere mich, dass ich sonst niemanden antreffe. Das alte, mittelgroße und helle Schulgebäude, ziemlich abgenutzt, gefällt mir gut. Ein ziemlich großer, streberhaft aussehender Typ kommt im Flur auf mich zu und fragt mich auf Deutsch, ob ich weiß, wo die Prüfungen stattfinden. Ich erzähle ihm, was ich weiß und von ihm erfahre ich, dass er auch Bassist ist und schon einige Prüfungen an drei anderen Hochschulen in Holland erfolgreich gemeistert hat. Er will sich später für die beste entscheiden.

Was für ein abgebrühter Routinier. Ich fühl mich gleich ein wenig unprofessionell und bekomme Schiss. Den nehmen die bestimmt eher als mich. Na ja, ich bin aber ein schönerer Typ und irgendwie doch überzeugt, mich gegen den Profi zu behaupten. Der wurde als Kleinkind bestimmt nicht mit Hardcorejazz infiziert, mein Vorteil.

Ein sportlicher Mann mit Brille und Stoppelbart kommt auf uns zu und stellt sich als Theoriedozent vor, bittet uns in den Klassenraum und gibt jedem eine Kassette und Arbeitsblätter, auf denen die Klangbeispiele beantwortet werden sollen. Viel Glück wünscht er uns und verlässt, nachdem er gemerkt hat, dass wir mit den Aufgaben zurechtkommen, den Raum. Wir sind also echt nur zwei Prüflinge, wie angenehm. Durch meine gute Vorbereitung fällt es nicht schwer, die in deutscher Sprache geschriebenen Fragen auf den Arbeitsblättern in Zusammenarbeit mit den Klangbeispielen auf der Kassette zu beantworten. Es sind, wie ich nach einiger Zeit feststelle, alles einfache und logische Aufgaben.

Es macht, was ich nicht erwartet habe, richtig Spaß. Nach einer halben Stunde sind wir beide fertig und geben die Ergebnisse dem Theoriefreak. Wir stehen auf dem Flur herum und schon kommen die Meister der Musik, der Direktor der Schule und ein Bassdozent, auf uns zu geschlendert, stellen sich freundlich vor und fragen, wer denn von uns beiden zuerst geprüft werden möchte. Ich zögere, will eigentlich noch nicht, will mich etwas warm spielen und eine Zigarette rauchen. Der große streberhafte Bassist erklärt sich bereit, als erster die praktische Prüfung in Angriff zu nehmen, wie nett. Der hat null Panik in den Augen.

Wieder ist eine gute halbe Stunde vergangen, als der Große aus der Prüfung kommt und auf meine Frage, wie es war, ohne jegliche Freude antwortet: »Bestanden«. War ja klar!

Der Direktor bittet mich herein und sagt, dass meine georderte Begleitcombo bald kommt und ich doch gleich mit »Ain't no mountain high enough« anfangen soll. Bei diesem Stück hab ich die Playbackbegleitung auf einer Kasette, die ich nun in das gut sichtbare Abspielgerät, welches auf einer Bühne mit Schlagzeug und Klavier steht, einlege und dann fragend zu den auf Stühlen sitzenden Prüfern blicke.

Sie warten, ich warte. Ach ja Prüfung, vorspielen, anfangen. Ich stehe auf der Bühne, starte die Kassette und los geht's mit der langen Version. Fühlt sich gut an. Ich fühl mich gut. Die Finger arbeiten sicher und geschmeidig, der Sound ist okay. Die Prüfer schauen mich an und trinken entspannt Tee oder Kaffee, Wohlfühlatmosphäre. Als ich fertig bin, die lange Version hat ihnen gereicht, kommen zwei junge Männer rein, meine Combo wahrscheinlich. Ein smarter holländischer Pianist und ein russischer Drummer bilden meine Begleitcombo. Ich hatte mehr Leute erwartet, mache mir aber keine Gedanken. Ich gebe dem Pianisten die Noten von »Anthropologie« und schnippe ihm mit den Fingern das Tempo vor. Er legt sich die Noten auf das Klavier und spielt sie in einem wahnsinnig schnellen Tempo bis ich ihn unterbreche und sage, dass es so viel zu schnell ist. Der Schlagzeuger beobachtet uns gelassen.

Der Pianist faselt kaum Hörbares, aber ich verstehe. Beim Jazz zählt oder schnippt man nur auf zwei und vier, er hat das Stück also in 320 Bpm gespielt anstatt in 160, doppeltes Tempo. Unvorstellbar für mich, so schnell zu spielen. Nun sind alle bereit, ich zähle an, es geht los. Die beiden spielen und reagieren hervorragend, hören mir genau zu und machen richtig schön Dampf im Kessel. Zuerst spiel ich das Thema, also die Melodie, dann macht der Pianist ein virtuoses Solo, bei dem der Drummer gelassen seinen Beat verziert und ich den Pianisten mit Walkingbass-Spiel begleite. Anschließend spiele ich wieder das Thema und Schluss der Vorstellung.

Nachdem ich mich bei dem Pianisten und dem Drummer bedankt habe, sagt mir der Pianomann noch, dass ich bei seinem Solo einmal acht Takte B-Teil vergessen habe, was ich gar nicht bemerkte und nochmal beweist, was das für gute Musiker waren, mit denen ich gerade Musik machen durfte. Die beiden verlassen dann den Raum und die Prüfer sagen mir, schon nachdenklich gestimmt, dass sie sich ein paar Minuten zur Beratung zurückziehen. Gott sei Dank, ein Klaviervorspiel wird nicht erwünscht, traumhaft. Alles ist schon vorbei, so schnell. Warten fällt mir nach dieser aufputschenden Darbietung trotz der Ungewissheit, ob ich musikalisch überzeugt habe, nicht schwer. Ich bin noch im Rausche der Bebop-Session. Das hier gerade war eine richtige, coole Jazzmucke mit ordentlich Feuer im Arsch, einfach Hammer.

Der Direktor und der Bassdozent betreten den Raum, nicht einschätzbarer Gesichtsausdruck. »Du hast bestanden, herzlichen Glückwunsch«.

Ich kann es gar nicht glauben und sofort läuft der Film von Leben und Studieren in Groningen in meinem Kopf ab. Die beiden erklären mir, wie es weitergeht, wenn ich bei ihnen studieren möchte, bitten mich, im gegenüberliegenden Büro die Unterlagen bei der PR-Frau zu ordern und verabschieden sich lächelnd.

Mit den Unterlagen für die Anmeldung zum Studium in der Hand verlasse ich die Schule, strotzend vor Stolz. Meine Eltern halten sich in geringem Sicherheitsabstand vor dem Eingangsbereich auf, sie sehen meinen entspannten Gesichtsausdruck, fragen trotzdem, welchen Verlauf die Prüfung hatte, wollen es schwarz auf weiß. Wir freuen uns alle drei wie die Schneekönige und genießen diese unglaubliche Situation. Um das Ereignis zu feiern, gehen wir in einen kunstvoll und sehr gemütlich gestalteten kleinen Coffeeshop, den ich von vergangenen Besuchen her schon kenne, der nur einen Katzensprung entfernt ist. Meine Eltern sind beeindruckt von der angenehmen und entspannten Kifferatmosphäre. Ich erkläre ihnen, wie normal der Konsum sowie der Handel mit Cannabis oder Haschisch hier gehandhabt wird und kaufe mir dann ein knappes Grämmchen feinstes, marokkanisches Hasch zum Mitnehmen, sozusagen als Belohnung für meinen Erfolg. Auf der Heimfahrt sind Mum und Papa gut drauf und seit langem wieder, oder das erste Mal, stolz auf ihren Sohn, der endlich eine passende Zukunftsaussicht hat.

Nach den Sommerferien beginnt das Studium, unglaublich! Intensiv Bass üben, das ist erstmal Vergangenheit und weil ich zu Beginn des Studiums aufhören will zu kiffen, gebe ich mir jetzt das volle Programm, ohne aber ein schlechtes Gewissen zu haben. Durch das Erfolgserlebnis ist es ein viel besseres Gefühl, stoned zu sein, kein ewiges Grübeln und Zweifeln quält das Gehirn. Dass Erfolg sexy macht, darf ich nun auch erleben. Nicht nur Frauen, von denen in dieser

Stadt fast alle über achtzehn Jahren sofort wegziehen, reagieren auf mich, auch andere Menschen sehen mich an, als wäre ich etwas Besonderes. Ein tolles Gefühl, wenn man sich nicht vorkommt wie unsichtbar.

Dieser Zustand hält leider nur wenige Wochen an. Meine popstarmäßige Ausstrahlung verfliegt wie die Wildgans im Herbst.

22. Neues Leben

Mit dem Zug nach Leer, Ankunft 23.15 Uhr und dann mit einem lila Giant Mountainbike, ein Geschenk von Maxls Bruder, heiße Ware, weiter Richtung Groningen. Es gibt leider keine Zugverbindung, mit der ich pünktlich um 9 Uhr den ersten Begrüßungstermin in der Hochschule wahrnehmen kann. Nach vier Stunden Trampeln im Dunkeln sehe ich endlich auf einem Verkehrsschild, dass es nur noch fünfzehn Kilometer bis nach Groningen sind und suche mir eine Schlafgelegenheit, was im durchkultivierten Holland sehr schwierig ist, direkt neben der Autobahn an einer Ausfahrt. Über nasses und gleichmäßig hohes Gras erreiche ich die Schräge der Ausfahrt. In meinem Schlafsack eingemummelt und mit einer blauen Mülltüte darüber, als Schutz gegen Feuchtigkeit, versuche ich zu schlafen.

Geräuschkulisse monoton laut von der Straße, ich schlafe ein. Der Wecker klingelt um sieben, und ich bin erstaunt, überhaupt geschlafen zu haben. Raus aus der Mülltüte und dem Schlafsack, ich esse ein leckeres belegtes Vollkornbrot. Es kann weitergehen auf meiner Reise nach Westen. Ich packe meine sieben Sachen ein, fädel mich aus dem Dickicht und radle weiter auf der kleinen Landstraße, den jetzt gut beschilderten Weg Richtung Groningen. Langsam aber sicher nähere ich mich dem Ziel im kühlen, feuchten Morgengrau. Durch die körperliche Betätigung und die frische Luft bin ich schnell wach und gut gelaunt. Der Stadtrand begrüßt mich mit seinen langweiligen Industriegebieten, an denen ich auf den vorbildlichsten Radwegen der Welt vorbei Richtung Zentrum gleite. Ich dringe in das Herz der Stadt vor, wo nicht die Autos, sondern Fahrräder das Straßenbild prägen.

Die Hochschule hat inzwischen ihren Standort gewechselt, sie liegt nur einen Kilometer vom zentralen Marktplatz entfernt.

Sie ist in einem alten, großen kirchlichen Gebäude untergebracht, genauso, wie es das Logo auf dem Briefkopf der Hochschule zeigt. Mit meiner kompletten Ausrüstung für die erste Woche, alles in einem mittelgroßen Rucksack sowie dem Schlafsack unter dem Arm, betrete ich das schmucke Hochschulgebäude, in dessen weitläufiger Lobby reges Treiben herrscht, alles ist erwartungsvoll.

Viele männliche Deutsche sind unter den neuen Studenten, mit denen ich sofort ins Gespräch komme, nur eine Deutsche, zwei knackige Italiener und, etwas abseits der German Gang, einige hübsche farbige junge Frauen, wie sich später zeigt, größtenteils Sängerinnen. Wir werden alle in den Hörsaal der Hochschule gebeten, in dem uns der Direktor und der Theoriedozent nach netter Begrüßung in englischer Sprache erklären, wo und wann die verschiedenen Kurse stattfinden. Dieses soll am nächsten Tag am schwarzen Brett im unteren Flur zu erfahren sein. Die beiden führen die Neuen anschließend durch die Hochschule und zeigen uns die verschiedenen Räumlichkeiten, in denen der Unterricht stattfindet. Ein angenehmes Lernumfeld, alt und modern treffen sich hier. Zum Klavierüben kann man, wenn hier alles besetzt ist, in die Klassische Hochschule gleich schräg gegenüber gehen. Dort stehen zehn Flügel und ein paar Pianos. Das war's dann schon für's Erste und die meisten neuen Studenten steuern das Café an, das sich gleich in der Lobby befindet.

Natürlich hänge ich mich an die Deutschen. Wir unterhalten uns angeregt, rauchen, trinken Kaffee oder Tee und beschnuppern uns weiter. Leoni, die einzige Holländerin in unserer Nähe, sitzt auf einem Stuhl wie ein Mann. Ein Fuß hält ihr leicht angewinkeltes Bein auf dem Stuhl neben ihr schräg nach oben, das andere Bein stützt sich weit abgewinkelt mit dem Fuß auf dem Boden ab. In der gut einsehbaren Mitte zwischen ihren Beinen zeichnet sich das weiche Zentrum ihres Körpers auf der Jeans ab, und ich stelle mir vor, sie wäre nackt. Sie ist ein Unikat und auf eine besondere Weise hübsch.

Die Zeit vergeht im Fluge. Langsam sollte ich mich um mein heutiges Nachtquartier und auch um eine längerfristige Bleibe kümmern, für die ich schon einen eventuellen Mitbewohner, nämlich Onne aus Leer, gefunden habe. Onne ist Pianist. Mit seinen langen, gelockten, dunklen Fusselhaaren und seiner runden Brille wirkt er wie ein verwirrter Professor. Warum sind Keyboarder und Pianisten immer so lustige Professortypen, liegt das an den vielen Noten und Tasten, dem komplizierten inneren Aufbau des Instruments und der Einsamkeit beim festgenagelten Üben?

Ich verlasse die Hochschule und steuere das Simplon, ein Sleep Inn auf der östlichen Seite der Stadt an. Ich buche ein Bett bei dem entspannten Personal und schau mir danach gleich den mir zugewiesenen Schlafraum im ersten Stockwerk an. Acht Betten, der Raum ist picobello sauber und sieht aus wie neu. Duschen und Toiletten sind auf dem Flur. Ich muss es mir erstmal schnell auf der Toilette besorgen, um nach den vielen neuen Eindrücken etwas ruhiger zu werden. Unten bei der Rezeption sind gemütliche Sitzgelegenheiten vorhanden, Getränke und kleine Snacks stehen bereit. Von dort schaue ich mir noch ein wenig das Treiben im Sleep Inn an und lege mich dann in den noch leeren Schlafraum schlafen.

Mit Sack und Pack mache ich mich am nächsten Morgen auf den Weg. Am Marktplatz vorbei, Richtung Hanzehogeschool, und sehe mir dabei die Gegend an. Was für ein Gefühl, eine andere Stadt, eine erfrischende neue Umgebung – ich bin angekommen im bunten Holland, mein neues Leben beginnt. Jetzt.

Vor dem schwarzen Brett in der Hochschule herrscht Gedränge. Dort hängen etliche Blätter mit Namen, Kursen, Uhrzeiten und Räumen, die jeder hier ungeduldig nach seinem Namen absucht. Informationen über Gemeinsamkeiten werden unter den Studenten ausgetauscht und ich stelle mit Freuden fest, dass ich gleich mit dem Hauptstudium beginnen darf, und nicht zum Vorstudium für Greenhörner muss. Meine Aufnahmeprüfung war also, gelinde gesagt, allererste Sahne. Onne spricht mich an und sagt mir, dass er schon eine Wohnung im Visier hat, die er gerne mit mir teilen möchte. Die 55-Quadratmeter große 2-Zimmerwohnung ist günstig, liegt am nordwestlichen Stadtrand in der Aquamarijnstraat im neunten Stockwerk. Er fragt, ob ich mich um das Objekt kümmern könne, denn er wohnt noch in Leer und schaffe es zeitlich nicht. Ich bin überrascht, weil er sich so schnell um Wohnraum bemüht hat, und lasse mir von ihm die Kontaktdaten geben, um gleich am Nachmittag die Wohnungsconnection zu checken. Echt ein witziger Vogel, der Kerl, stelle ich nochmals fest. Die Kurse, die für mich vorgesehen sind: Klavier, Bass und Ensemble Praxis, Geschichte, Didaktikscheiß und Solfège als Theoriefächer. Solfège, auf Deutsch Tonlehre, ist ein Gehörtrainingskurs, bei dem man Akkorde und Melodien vorgespielt bekommt, die man dann direkt in Noten umschreiben muss. Sechs Kurse sind locker zu bewältigen, denke ich. Es geht los mit Geschichte im Hörsaal. Alle neuen Studenten sind anwesend und scheinen sich recht wohl zu fühlen an diesem Dienstag, dem ersten Tag. Der Dozent, ein großer Mann im schwarzen Anzug und weißem Shirt darunter, der vor einer weißen Tafel selbstbewusst agiert, entpuppt sich nach kurzer Zeit als hochprofessioneller

Entertainer. Er erzählt mit einem sympathischen Grinsen Dinge in niederländischer Sprache, die ich nicht verstehen kann. Diejenigen, die ihn verstehen, schmunzeln und lachen genüsslich. Ich will mich auch amüsieren, muss unbedingt schnell einen Sprachkurs belegen. Damit das ganze Publikum etwas versteht, wechselt er nach kurzem Geflachse nun ins Englische und erklärt, mit Witzen gespickt, seine Vorgehensweise für diesen Kurs.

Zwischendurch lässt er seine Virtuosität an den Tasten auf einem großen Flügel durchblitzen. Mit aus dem Ärmel geschüttelten Klangbeispielen von Händel, Beethoven, Wagner und Stockhausen über Miles Davis und Thelonius Monk bis zu Michael Jackson und den Backstreet Boys, die er alle großartig und mit viel intelligentem Pfiff vorspielt und dabei weiter referiert, führt er uns durch die Genres der Musikgeschichte, die zu bearbeiten sind. Ich bin schwer beeindruckt von seiner unterhaltsamen Show, der Mann ist genial. Am Nachmittag mache ich mich auf den Weg, um die Wohnungsconnection aufzusuchen, bei der ich vorher telefonisch ein Termin vereinbart habe. Dank meines Stadtplans und des Fahrrads bin ich schnell und pünktlich vor der Tür von Familie De Jong. Herr De Jong macht auf. Er fragt mich, warum ich eine Wohnung für zwei Männer in Groningen suche. »Wir sind neue Musikstudenten an der Hanzehogeschool« antworte ich. Die Begründung erscheint ihm plausibel und wir verabreden uns zu einem kurzen Besichtigungstermin am Donnerstag. Onne hat, was sich später als Vorteil für mich rausstellt, leider keine Zeit, den Besichtigungstermin in der Aquamarijnstraat wahrzunehmen. Zur verabredeten Zeit zeigt der Vermieter zuerst die Fahrradkammer, in der ein Bürostuhl steht. Dann geht's mit einem Fahrstuhl in den neunten Stock. Wir gehen über einen außenliegenden Balkonflur circa zwanzig Meter, bis wir die Wohnung durch eine witzige Tür betreten. Betonfußboden und ehemals weiße Wände im Flur, in der Küche und in den beiden Zimmern. Eine riesige Fensterfront mit Blick ins grüne Flachland. Eine niedrige, breite Heizung ist vor dem Panoramafenster installiert.

Dieses Zimmer will ich haben. Das Bad hat eine große Wanne, aber kein Fenster, und ist vom Boden bis kurz unter die Decke weiß gefliest, wie im Schlachthof. Die Miniküche mit Minifenster ist einfach nur trostlos. Sie besteht aus einer Abwaschgelegenheit, auf deren Ablage ein Zweiplattenherd steht, einem kleinen Hängeschrank und sonst nix. Da die Wohnung unseren Preisvorstellungen entspricht und sofort zu beziehen ist, unterschreibe ich den Mietvertrag. Einen Tag später wechsle ich vom Sleep Inn in die neue Bleibe und beziehe das große Zimmer, in der Hoffnung, dass Onne nichts dagegen hat. Ich blase meine Luftmatratze auf und lege meinen Schlafsack dazu. Ein Tisch zum Arbeiten wäre nicht schlecht. In dem kleinen Zimmer steht ein großer Pressholzschrank ohne Tür, den ich in mein Zimmer schleife und mit der Rückseite nach oben als XXL-Schreibtisch aufbaue. Ich platziere noch ein Metronom und etwas Papierkram darauf. Den E-Bass lehne ich dagegen. Aus der Fahrradkammer hole ich mir den Bürostuhl, der nicht besonders schön ist, egal, und schon ist alles soweit praktisch und luftig eingerichtet. Die Aussicht hier ist zum Üben perfekt und ich sehe mich schon in die weite Landschaft blickend stehen und Bass spielen. Meine Blase kitzelt. Zum ersten Mal hier pinkeln ist ein interessantes Erlebnis. Nachdem ich damit fertig bin, will ich die Spülung betätigen, finde sie aber nicht. Ich sehe mir das Klo genauer an, kann aber nichts zum Ziehen oder Drücken finden. Das gibt's doch nicht, irgendwie muss das doch funktionieren. Ich stelle mich auf den Klodeckel.

Der Spülkasten, in den ich nun hineinsehe, hängt hoch über dem Klo. Ich studiere das System im Inneren und da klickt es in meinem Kopf. Man muss das Rohr, das vom Spülkasten herunter zum Klo führt, nach unten ziehen, damit es sich dann oben im Spülwasserbehälter absenkt und das Spülwasser hineinfließt. Eine einfache und sehr gute Erfindung.

Der Stundenplan:

Montags Solfège und Didaktik, dienstags Geschichte, mittwochs Ensemble und Bass, donnerstags Klavier. Was so einfach aussieht, entpuppt sich nach ein paar Wochen als nur mit vollem Zeiteinsatz zu bewältigende Aufgabe und es bleibt keine Zeit für die gewohnte Lässigkeit, mit der ich bis dahin durch das Leben gegangen bin. Scheiße, wie soll ich das alles schaffen. In jedem Fach oder Kurs will ich alle Aufgaben perfekt erfüllen, was aber mit 24-h-Tagen, für einen wenig Arbeit gewohnten Menschen wie mich nicht machbar ist. Einen Arbeitsplan zu machen und Prioritäten setzen, um möglichst effektiv weiterzukommen, darauf komme ich nicht. Die Lernschwerpunkte lege ich vorerst, mit täglich jeweils drei Stunden Üben, auf Bass und Klavier. Vormittags schlender ich vor, nach oder zwischen den Kursen in das Klassikgebäude und suche mir einen Raum mit einem guten Flügel, zum konzentrierten Abarbeiten der Hausaufgaben. Da ich in meinem Leben, bevor ich hier war, zusammengerechnet noch keinen halben Tag Klavier gespielt habe, geht es sehr langsam und nur mit viel Anstrengung vorwärts, aber macht trotzdem Spaß.

Ich will bei meinem Klavierdozenten und mir unbedingt gute Lernergebnisse abliefern und meine Gier nach lobendem Schulterklopfen füttern. Der Klang sechsstimmiger Jazzakkorde lullt mich beim Üben mit seinen gewaltigen Tongemälden ein, als gäbe es nichts anderes um mich herum.

Mal wunderschön zart und lieblich bis kitschig, mal hart und kalt wie spitzes Eis oder dissonant wie die frisch geschliffene Messerklinge an der Kehle, es ist einfach unglaublich geil. Allein die Nikotinsucht zwingt mich zu kurzen Vergiftungspausen, in denen sich, wenn's passt, die Wege mit Klassikstudentinnen in dem weitläufigen Gebäude kreuzen. Irgendwie habe ich das Gefühl, die Klassikmusikerinnen und -musiker fühlen sich als was Besseres, als die einzig wirklich Wichtigen in der Musik.

Trotzdem, es gibt eine Klassikflötistin, die sich in meiner Bildergalerie mit ihrer vollkommenen Engelserscheinung festsetzt. Sie ist wunderschön und macht mich hochgradig geil. Lange blonde und leicht gelockte Haare, mit Spangen gebändigt, zieren ihre unbeschreiblichen sexy Körperformen. Ihr niedliches Gesicht hat so feine Sommersprossen. Sie hantiert bestimmt stundenlang mit ihrem zarten Instrument und spielt darauf romantische Melodien.

Jedesmal in den Übungspausen suchen meine Augen sie unauffällig auf den Fluren, aber leider finden sie sie nur sehr selten.

Erst gegen Abend, in der fast leeren neuen Wohnung, beschäftige ich mich mit dem Hauptinstrument, dem E-Bass.

Anfangs ist Üben ohne Verstärker angesagt, also kaum hörbar, aber ausreichend um ein tricky Bass-Solo von Oscar Pettiford Note für Note und Stunde um Stunde einzustudieren. Das Stück heißt, passend zur einzigartigen Toilettentechnik, »Blues in The Closet«. Hoch über den dunklen Wiesen Richtung Nordsee klingt mein Bass leise in die Nacht hinein, bis ich mich total müde in meinem Schlafsack verkrieche und nach dem Beruhigungsorgasmus wie ein Stein schlafe. Am Wochenende darauf bringe ich eine billige Stereoanlage, die auch als Bassverstärker zu gebrauchen ist und ungenutzt bei meinen Eltern rumsteht, mit hierher, um besser üben und Musik hören zu können.

Der Bassdozent sieht aus wie ein alter Elch kurz vor der Rente. Er ist kein echter E-Bass-Freak, sondern ein Kontrabassist, der, weil es zu wenig Kontrabass-Schüler gibt, auch E-Bass unterrichtet. Irgendwie turnt der mich nicht so an wie der Klavierdozent. Schon, er spielt auf dem E-Bass echt coole Sachen in Supertiming, doch er haut mich nicht vom Hocker. Er erzeugt in mir nicht den »Das-Will-Ich-Auch-Können«-Effekt. So ein Vorbild-Hero wäre für mich super. Es gibt an der Hochschule drei Bassdozenten, von denen nur einer echter E-Bassist ist, dem ich aber leider nicht zugeteilt wurde, weil ich wohl zu jazzlastige Interessen habe.

Ich kümmere mich auch nicht um einen Lehrerwechsel, ist mir zu mühsam. Das Solo von Oscar Pettiford einzuüben dauert gut zwei bis drei Wochen. An den Wochenenden fahr ich nach Deutschland zu meinen Eltern und übe dort dieses super Bass-Solo weiter. Wenn Papa da ist und es ihm einigermaßen gut geht, übt er mit und ist kurz glücklich. Der arme Mann, sein ganzes Powerleben ist durch den Krebs zerstört.

Sonntagabend oder Montag morgens, ganz früh, mach ich mich dann wieder auf den Weg nach Groningen, um dort nichts zu verpassen. Der erste Kurs montags ist Solfège, sehr angenehm und easy, danach Didaktik, zum Kotzen. Dieser Kurs soll einem vermitteln, wie Schülern auf verschiedene Weise Lehrinhalte beigebracht werden können. Jedes Mal gibt es wieder reichlich neuen Papierkram, auf dem immer wieder die gleichen Vorgänge beschrieben werden. Das Thema an sich ist ja gut und wichtig, kann aber eigentlich in drei Wochen abgearbeitet werden. Den Didaktikkurs finde ich also total nervig und lasse ihn fast immer sausen, um in der wertvollen Zeit lieber Klavierüben zu gehen, denn das ist mir wichtiger. Die Ensemble- oder Bandprobe findet mittwochs um neun Uhr morgens statt, was mir sehr gefällt, weil das Sprichwort »Morgenstund hat Gold im Mund« bei mir voll zutrifft. Durch meine Anfahrt vom Stadtrand zum Zentrum mit dem Rad bin ich hellwach und habe die richtige Betriebstemperatur zum Bass spielen, für die ich sonst mindestens eine halbe Stunde Powerplay benötige.

Die Kollegen in der Band sind alle blutjunge, smarte Holländer und richtig nett. Jede Woche müssen wir dem glatzköpfigen Dozenten, der immer wie unter Speed auf seiner Gitarre mitspielt, einen neuen Jazzstandard vorspielen, was ich eher unbefriedigend finde, weil dadurch kein Song mal richtig zu leben beginnt. Na ja, wir sollen natürlich so viel Jazzstandards wie möglich kennenlernen, denke ich, und beschwere mich nicht. Allein zu Beginn der Probe können wir in den ersten wertvollen Minuten ohne den aufgedrehten Glatzkopf jammen, weil er zum Glück meistens zu spät kommt.

So langsam kristallisieren sich an der Hochschule Freundschaften mit überwiegend deutschen Studenten heraus.

In den Pausen reden wir bei Kaffee und Zigaretten über uns, die Musik, über die Kurse, die Dozenten. Ab und zu gehen wir auch in einen sehr schönen, nahegelegenen Coffeeshop. Ich kiffe zwar nicht mehr, aber allein die Atmosphäre in diesem Laden versetzt mich in einen kleinen Rausch, der mir angenehm ist. Ohne Kiffen bin ich definitiv viel leistungsfähiger und mehr der, der ich sein will.

Ich lasse also die Finger davon, auch wenn gut die Hälfte meiner neuen Freunde kiffen. Ich will studieren, mit einem klaren Kopf. John, ein Trompeter aus Hamburg, gutaussehend und geschmeidig-cool, genau mein Typ, wenn ich eine Frau wäre, erzählt mir, dass er vor der Aufnahmeprüfung ein Blech geraucht hat. Wie, ein Blech? Eine Alufolie, von der Heroin geraucht wird.

Alter Schwede, das ist ja wie bei John Coltrane damals, der

war auch auf dem Zeug, wie viele andere Jazzgrößen. Ich frage mich, wie die das geschafft haben, vollgedröhnt so geile Musik zu machen – oder geht das nur so? Und dann der ganze Stress mit dem Beschaffen des Geldes und Stoffes zur richtigen Zeit. Die Freundin von John, dem Hamburger Trompeter, die auch in Groningen studiert, ist ein Traum. Wenn ich sie sehe, mit ihr spreche, geht die Sonne auf und mein Körper wird ungeduldig. Engel, ein Gitarrist, auch aus Hamburg und schon älter, sieht bleich aus wie ein Junkie.

Er ist ein Hardcore-Kiffer und muss sogar zwischen den Kursen im Hof der Schule kiffen, damit er ruhig bleibt.

Der Engel spielt, nach meinem Geschmack, super gut und mit einem vollkommenen Ton Jazz auf seiner Halb-Akustikgitarre und ist für mich der beste Jazzgitarrist, den ich je live gehört habe. Er jammert viel und ist nie zufrieden mit sich, aber ich mag ihn. Mir erging es auch so, als ich noch gekifft habe. Momentan habe ich wenig Zeit, unzufrieden zu sein, weil ich zu beschäftigt mit dem Studieren bin.

Dann ist da noch Hannes, ein freundlicher Hamburger Kontrabassist. Mit ihm kann ich über alles reden, was anliegt, ohne dass er die Aufmerksamkeit, wie es so oft bei anderen passiert, plötzlich abschweifen lässt. Auch er kifft und ist dazu noch leicht alkoholabhängig, was er nach einiger Zeit zugibt, weil es ihm arge Probleme bereitet. Die drei Hamburger Jungs, John Trompete mit Freundin, Engel Gitarre und Hannes Bass sind als befreundetes Viererpack nach Groningen zum Studieren und Genießen gekommen.

Und jetzt zu meinem Busenfreund Till. Er sieht sehr gut aus, hat ein tolles Gesicht und kleidet sich in seinem ganz eigenen Stil, immer indianermäßig locker, leger, farbenfroh und wie frisch aus der Waschmaschine. Ein auffälliges Erkennungsmerkmal ist seine Frisur, fast Glatze mit einem rasierten Tattoomuster und dazu einen ganz schmalen, filigranen, lang geflochtenen Zopf an der rechten Kopfhinterseite. Er schafft es, dass ich darüber nachdenke, schwul zu werden. Ein Bisexueller, wie interessant. Ich denke wirklich darüber nach, und stelle mir vor, wie es ist, mit ihm zu schlafen. Hätte nie gedacht, mir in meinem Leben mal solche Gedanken über einen Mann zu machen.

Mit ihm komm ich sofort klar, er strahlt eine warme, weiche Ruhe aus, die mich zufrieden macht, mich förmlich leicht schweben lässt, wie eine organische Droge.

Wenn ich ihn nach meinen langen, energieaussaugenden Klaviertrainingseinheiten besuche und wir Musik hören und quatschen, bin ich danach wieder mit neuer erfrischender Energie aufgeladen und der Kopf ist wie befreit von den vielen komplizierten Akkorden und Noten. Till versucht nicht, mich in Beschlag zu nehmen, wie Frauen es meistens tun, wenn sie frisch verliebt sind – er nervt nie. Ist er in mich verknallt oder geil auf Sex? Beides glaube ich. Ein Zeichen oder eine bestimmte Handlung von mir würde wahrscheinlich reichen, um ein wildes Techtelmechtel zu starten.

Als kleiner Pups hab' ich mit meinem Cousin öfter Sex machen gespielt, wobei er seinen langen krummen Pimmel zwischen die Arschritze klemmte und dann aussah wie eine Frau. Ich übernahm mit meinem stattlichen geraden Pimmel, nicht geeignet zum Einklemmen in der Arschritze, die Männerrolle und wir zwei probierten mit größter Freude im unteren Etagenbett aus, wie Mann und Frau beim Bumsen zu agieren. Wurden wir von Eindringlingen gestört, stellten wir unser Programm in Millisekunden von Liebemachen auf Raumschiff-Enterprise-spielen um, wofür das untere Etagenbett bestens geeignet war. Damals war ich nie geil auf den Pimmel meines Cousins, eher auf meinen eigenen, der eine etwas größere Form durch das Herumspielen angenommen hatte und sich gut anfühlte. Schon früh, so meine

Erinnerung, interessierte ich mich brennend für alles Weibliche.

Allein Till schafft es jetzt, mich durcheinander zu bringen.

23. Onne

Die überwiegend breitbeinig sitzende und von fast jedem aus unserer Gang begehrte Holländerin Leoni scheint sich ernsthaft für deutsche Männer zu interessieren und redet mit jedem, checkt alle gründlich ab, schäkert. Nach einiger Zeit entscheidet sie sich für einen uncoolen Blaskapellen-Saxofonisten. Ich glaube, er heißt Jan, der Penner.

Ein zielstrebiger Saubermann, der bei den Dozenten und anderen wichtigen Personen hinten reinkriecht, um sich irgendwelche Vorteile herauszuschleimen. Sein Auto, sein Haus, seine Yacht und seine Kontakte gewinnen die Lotterie um Leonie. Ein erniedrigender Schock für alle ernsthaft engagierten Mitspieler. Ich selbst habe es bei Leoni erst gar nicht richtig versucht, da waren so viele am Baggern. Vielleicht hat sie am Ende genau auf mich gewartet und von mir geträumt – aber das werde ich nie erfahren, da ich nichts gewagt habe.

Mein Mitbewohner Onne lebt und bewegt sich wie ein Schlafwandler, der mit einem leichten Lächeln auf den Professorenlippen seine täglichen Aufgaben erfüllt.

Schlafen, Hochschule, schlafen, Hochschule. Aus meinem Zimmer nehme ich irgendwann das Geräusch einer dumpf klappernden Dose war und als ich nachsehe, sitzt Onne auf seinem Bett und isst kalte Ravioli aus der Dose.

Ist mein Geiz nicht zu groß, gönne ich mir eine von den Fertigsuppen in der Hochschule. Jeden Tag das gleiche Futter, wie bei den Tieren im Zoo, jedoch weniger gehaltvoll. Nur an den wenigen Wochenenden, zu Hause in Deutschland, gibt es gesundes Essen in Hülle und Fülle. Bei einem geheimen Blick in Onnes Zimmer sehe ich ein paar leere Dosen deutsches Dosenfutter, die Löffel stecken noch darin. In seinem Bett liegen plattgedrückte Mandarinenschalen, auf denen er wohl geschlafen hat, neben etwas Kleingeld. Onne riecht unangenehm, er schläft in den Klamotten, die er tagsüber trägt. Ich finde das traurig, dieser wunderbare Musiker, der sich im Leben anscheinend noch nie selbst versorgt hat und direkt aus seinem Elternhaus in die weite Welt hinaus tritt. Ein guter schlauer Musiker, mit vorbildlicher Allgemeinbildung, von der ich nur träumen kann. Ungepflegt, er stinkt wie ein Penner, egal, ich find' ihn klasse. Bevor wir uns richtig kennenlernen, muss ich die Wohnung kündigen, weil Onne ein noch günstigeres Zimmer in einer Studenten-WG beziehen will und ich keine Lust hab, mich um einen neuen Mitbewohner oder eine neue Mitbewohnerin zu kümmern. Er ist dann auch schnell weg, und ich bin bis Ende des Monats allein im neunten Stockwerk am Stadtrand in der Aquamarijnstraat. Ich bin alleine, die Suchtautomatik erwacht und treibt mich, trotz Gegenwehr meines Gewissens, auf dem Heimweg von der Schule in einen am Weg liegenden Coffeeshop. Ich kaufe mir ein Gramm Marokko-Hasch zur Flucht vor meiner Einsamkeit, rechtzeitig, bevor ich merke, dass das Studium mich unzufrieden macht. Papas ausweglose Krebssituation setzt dem allen noch eine Haube Hilflosigkeit auf. Komm', du liebes, gehasstes Hasch, trage mich weg von Problemen, nur ein ganz kleiner Stickie am Abend vor dem Schlafengehen, nicht mehr.

Scheiße, neues Zimmer suchen, schon nach einem halben Jahr.

In irgendeiner Zeitung, die ich aus einem Hauseingang entwende, finde ich schnell freie Zimmer, die in der Nähe des Stadtzentrums liegen, aber im Gegensatz zu der jetzigen Bleibe ganz schön teuer sind. Egal, ich will nicht wieder ins Sleep-Inn und telefoniere ein paar Angebote ab, bis mein Kleingeld aufgebraucht ist. Das am zentralsten gelegene Zimmer wähle ich aus und mache den Deal nach einer enttäuschenden Besichtigung, denn das Zimmer ist nur vierzehn Quadratmeter groß und kostet vierhundert Gulden. Das Ding kostet mehr als der Anteil meiner jetzigen Miete für eine ganze Wohnung. Egal. Van Kerkhoffstraat einundzwanzig wird nun meine zukünftige Adresse sein.

Im Winter 95/96 bewerkstellige ich den Mini-Umzug in die Van Kerkhoffstraat entspannt mit dem Fahrrad und richte mir das kleine Zimmer, Parterre gelegen, mit großem Fenster zur wenig befahrenen Straße, mit meinen nicht mal sieben Sachen so gemütlich wie möglich ein. Eine schnuckelige Gegend, Kopfsteinpflasterstraßen und Häuser aus rotem Backstein, die maximal drei Stockwerke hoch sind, lassen dieses Stadtviertel gemütlich erscheinen.

Beim nächsten Deutschlandbesuch befördere ich einen alten Cheech-und-Chong-Teppich, Federbett mit Kopfkissen, eine echte Matratze und allerlei Kleinkram mit einem geliehenen Auto in das neue Zimmer. Hier im Haus wohnt neben, oder besser gesagt hinter meinem Zimmer Richtung Hof ein Technikstudent. Die Wand zwischen meinem und seinem Zimmer ist passend zur sonstigen holländischen Innenarchitektur aus Spanplatten gebaut und als Schallisolierung fast unwirksam, was noch nicht stört, denn der Technikstreber büffelt dort bemerkenswert lautlos für sein Studium. Schräg über mir wohnt ein nervöser Kerl, der sehr oft und nicht gerade leise die Haustür, die direkt neben meinem Zimmer liegt, wie in einem gut bewohnten Taubenschlag benutzt und die kleine Treppe im Haus hoch- und runter ballert, als wäre Bombenalarm. Wenn er Besuch hat, ist es doppelt so laut und hektische Gespräche wie Verhandlungen um Leben und Tod schallen durch die dünnen Türen und Wände. Das alles zehrt an meinen Nerven.

Eines Nachmittags klopft es an meiner Zimmertür und jemand fragt auf Deutsch, ob er reinkommen darf und wartet, wie es sich gehört, auf meine Antwort. Meine Zimmertür ist sicherheitshalber immer abgeschlossen, auch wenn ich anwesend bin.

Ich schließe also auf und da steht der Actionkerl von oben und stellt sich fröhlich strahlend als Peter soundso vor, echt nett. Seine Augen, die etwas verzweifelt und leer wie Feuer und Eis glänzen, verraten mir, trotz seiner zur Schau gestellten Fröhlichkeit, sein beschissenes Laster.

Heroinsuchtaugen, er ist neunundneunzigprozentig ein Junkie. Im Unterschied zu anderen Heroindrogenwracks, die sich normalerweise mit fahlgrünen Gesichtern ausweisen, hat er eine recht frische Hautfarbe. Kein Wunder bei dem ständigen Hin und Her, da ist Peters Körper natürlich gut durchblutet und die Zellen finden gar keine Zeit, sich mit der Farbe Fahlgrün zu messen. Wir quatschen ein wenig, bis er sich verabschiedet, um etwas Wichtiges zu erledigen. Auf einen Kaffeeklatsch, irgendwann bei ihm oben, lädt er mich noch ein. Das kann ja heikel werden, denke ich. Über mir wohnt auch noch ein unscheinbarer Student, der einen anderen Hauseingang benutzt. Den höre ich nur, wenn seine Freundin da ist und sie poppen.

Das Bett quietscht dann fünf Minuten, und nach einem abschließenden »Ah, Ah, Ah« ist es auch schon vorbei. Wie langweilig, jedesmal die gleiche jämmerliche Prozedur, aber immerhin, besser als Wichsen, denke ich. Witzigerweise haben sehr viele holländische Studenten, wie der Leiseficker über mir, ein nahezu einheitliches Outfit und eine einheitliche Frisur mit leicht angedeuteter Glatze.

Von unten nach oben: Ungeputzte Lederschuhe – ein Muss. Normale Jeans, diese gerade geschnittenen englischen Wachsjacken in olivgrün, braun oder dunkelblau mit hellbraunem Cordkragen. Ungelogen: alle haben die an.

Der Hammer sind die Einkaufstaschen aus stabilem, dunklem Stoff mit einem gebogenen Griff aus Bambus, wahrscheinlich von den lieben Müttern für den wichtigen Studentenpapierkram mitgegeben. Oder missbrauchen die Jungs die für sie vorgesehene feminine Einkaufstasche als Aktenkoffer?

Der Februar ist saukalt, und in meinem Zimmer mit Einfachverglasung ist an mollige Wärme, trotz Heizung, nicht zu denken. Durch den Fußboden, der aus alten Holzdielen besteht und bei denen Nut und Feder nicht mehr richtig zusammensitzen, zieht es wie Hechtsuppe.

Die Matratze, die auf den Holzdielen liegt, wird nachts durch meine Körperwärme von oben und die Kälte von unten feucht. Es bildet sich leichter Schimmel, den ich natürlich sofort so gut wie möglich entferne. Tagsüber stelle ich die Matratze zum Trocknen nun gegen die Heizung unter dem Fenster, damit der entfernte Schimmel nicht wieder aufleben kann. Vierhundert Gulden für so ’ne Bude ist echt frech.

Schon wieder geht einer von vielen Tagen des Studiums vorüber und ich gehe im kalten Zuhause sofort ins wärmende Bett.

Komisch, ich höre Wasser gluggern, frage mich, wo es herkommen könnte, irgendwie von unter mir. Als ich aufwache gluggert es immer noch geheimnisvoll vor sich hin und die Temperatur im Zimmer ist von arschkalt auf ein beängstigendes Eisfachniveau gesunken. Ein Griff an die Heizung erklärt die arktische Kälte. Die Heizung ist aus, aus'er geht es nicht. Leicht panisch ziehe ich meine Klamotten an und mache mich fluchtartig auf den Weg zur wärmenden

Hochschule. Es ist wirklich klirrend kalt, was ja eigentlich sehr angenehm ist, wenn ein molligwarmes Zuhause auf einen wartet, aus der Traum. Das unübersehbar große Thermometer einer Angeberbank beziffert die Außentemperatur auf schockierende minus vierzehn Grad.

Oh Shit, was mache ich, wenn die Heizung heute Nachmittag wieder nicht funktioniert, ich will doch zu Hause lernen, Bass üben. Mit ängstlicher Spannung auf eventuelle Änderungen im Bezug auf die Zimmertemperatur, mach ich mich nach der Ensemble-, also Bandprobe und dem darauffolgenden Klavierunterricht, ohne die tägliche Klavierübeeinheit im Klassikgebäude, nach einer Teepause schnell auf den Heimweg. Das Zimmer ist fühlbar noch kälter geworden und der Bach plätschert immer noch, aber in einem tieferen Tonfall. Scheiße, Kacke, fucking Bullshit, was mach ich nun? Nachdenken, Nachdenken geht bei Kälte schneller als bei normalen Temperaturen, das nimmt man eigentlich erst wahr, wenn man darüber nachdenkt, wie es war beim Nachdenken. Gut, erstmal rausfinden, woher das Geplätscher kommt und dann den Vermieter anrufen. In der Mitte des Zimmers ist im Holzboden eine kleine Klappe, unter der ein circa vierzig Zentimeter tiefer Kriechkeller mit sandigem Grund, wahrscheinlich der Baugrund, zu sehen ist. Dort habe ich meinen wertvollen Schlafsack und überflüssigen Papierkram auf einer vor Dreck schützenden Pappunterlage verstaut. Teppich halb aufrollen, Klappe aufmachen. Scheiße. Das Wasser ist fast schon in der Höhe meines Holzfußbodens, nur noch zwei Handbreit fehlen, wenn das da durchkommt, sind alle meine Sachen im Arsch, weil sich alles, was ich habe, auf dem Boden befindet. Nur das Telefon, das hängt an der Wandhalterung. Der Schlafsack und der Papierkram schwimmen gelassen im klaren, saukalten Wasser umher. Der Vermieter muss sofort was dagegen unternehmen.

Ich rufe ihn an, zum Glück geht er ran und ich erkläre ihm die bedrohliche Situation. Er sagt: »Ach, ich komm dann mal in drei Tagen vorbei, da bin ich sowieso wieder in der Stadt«. Ich mache ihm in einem ernsten Befehlston klar, dass er, egal welche Umstände es macht, noch heute zu erscheinen hat, ansonsten gibt es richtig Ärger mit teurem Klemptnernotdienst und allem, was wehtut. Mit wenig Begeisterung, aber immer noch sehr relaxt, ringt er sich dazu durch, sich gleich auf den Weg zu machen. Als er endlich da ist, stellt er erstmal das Wasser ab und schaut sich das Dilemma genauer an. Diagnose: Wasserrohrbruch durch Frost. Dadurch hat sich die Heizung selbst abgeschaltet. Der Vermieter telefoniert. Vor dem Wasser brauche ich keine Angst mehr zu haben, es wird noch heute von ihm selbst abgepumpt, bevor alles einfriert und noch andere Rohre beschädigt werden können. Die Heizung und das kaputte Rohr werden auch aktiviert, aber erst am Samstag, sprich in vier Tagen, wenn seine speziellen Klempner Zeit haben. Mehr kann er im Moment nicht in Bewegung setzen. Wie soll ich es ohne Heizung aushalten bis Samstag?

Wie in der Aquamarijnstraat Wohnung habe ich hier ein Geschirrspülschränkchen, allerdings steht diesmal ein Gasherd mit zwei Kochfeldern auf der Abstellfläche und das Ganze direkt in meinem Zimmer. Ein Gasherd ist zum Kochen sowieso viel praktischer, die Hitze ist sichtbar und dadurch besser zu kontrollieren und außerdem kann er, was unbedingt in Angriff genommen werden muss, im Notfall als kleine provisorische Gasheizung umfunktioniert werden.

Vier Backsteine, die vor dem Haus im Minigarten herumliegen, sollen mit den Gasflammen als wärmende Heizkörper erhitzt werden und mich vor Erfrierungen schützen. Ich probiere das aus, wenn der Vermieter mit dem Wasserabpumpen fertig und verschwunden ist. In der Zwischenzeit besuche ich

Till und träume mit ihm in seinem warmen Zimmer bei Tee, Bier und mit THC durchsetztem Nikotin von irgendwas.

Der hübsche Till, wie ein süß lächelnder Magnet, gegen dessen Anziehungskraft ich mich wehre, weil ich nicht schwul sein kann. Wieso ist der keine Frau? Obwohl wir beide Musik studieren, hören wir sie nur an, kein gemeinsames Musizieren, keine Gespräche über unsere Zukunftspläne, unsere Karrieren, keine Gespräche über Fachthemen, bei denen man sich gegenseitig helfen könnte.

Wir sind einfach zufrieden mit unseren Traumgesprächen von schönen Frauen und einer noch besseren Welt, in der wir jetzt schon tun und lassen können, was wir wollen, wenn wir nur wollten. Was blockiert das freie Fühlen und Handeln? Ist es das Nikotin, der Alkohol, das THC, der Leistungsdruck, die Vergangenheit, die Zukunft oder ganz einfach unsere Fähigkeit, so zu denken, wie wir denken.

Die Gasherdheizungserfindung mit den vier Backsteinen, die erhitzt werden und dann ihre Wärme ins eiskalte Zimmer abstrahlen sollen, bringt, außer der Abwechslung beim Zusammenbauen und folgendem Ausprobieren, fast nichts.

Die Zimmertemperatur steigt nach einer halben Stunde schätzungsweise um nullkommafünf bis ein Grad an, mehr wird es nicht. Ansonsten arbeitet die Heizungsanlage, wie ich es mir vorgestellt habe, und sieht dazu auch noch ungewöhnlich interessant aus. Dieses Erfolgserlebnis genieße ich und mir wird dadurch ein ganz bisschen wärmer.

Am darauffolgenden Samstag werden die nötigen Reparaturarbeiten an dem kaputten Rohr von Profis ausgeführt, bis alles in Ordnung ist, und die Heizung wieder läuft. Jetzt ist es zum Glück wieder nur noch so kalt wie vorher.

Das Studium läuft einigermaßen, füllt mich aber dennoch nicht aus. Ich bin einsam, Papas Gesundheitszustand ist gleichbleibend schlecht, Mama geht es beschissen. Ohnmächtig erlebt sie, wie der für sie wichtigste Mensch dem Tode entgegensteuert.

Die Außentemperatur steigt endlich langsam an.

24. In der Scheiße

Als ich zwei Wochenenden nach der Heizungskrise bei angenehmem Frühlingswetter zu meinen Eltern fahre und nur Papa zuhause ist – Mama besucht ihre schwerkranke Mutter in Süddeutschland –, mache ich eine schmerzliche Entdeckung. Der Abwasserkanal, der von unserem Haus bis zur Straße führt, wo dann die städtische Kanalisation die Scheiße übernimmt, ist verstopft.

Wir können nicht mehr kacken und uns bleibt nichts anderes übrig, als den schweren Betondeckel, der neben dem Haus die Scheißkanalkreuzung abdeckt, mit aller Kraft, Papa hat nicht mehr viel davon, zu öffnen. In dem quadratischen Schacht schwimmt stinkende, dickflüssige Pissescheiße mit allem, was dazugehört und kann nicht abfließen. Mit Gummihandschuhen und Gummistiefeln ausgestattet steige ich in die Scheiße und fange an, durch Abtasten in der Brühe die Rohrenden, also Zufluss und Abfluss zu finden. Papa geht währenddessen ins Haus, er fühlt sich nicht gut. Am Abflussrohr fühle ich dann etwas Knubbeliges, ziehe es heraus und die Kackbrühe fängt langsam an, abzulaufen. Es ist eine ehemals weiße Unterhose meiner Schwester, die den Kackstau verursacht hat, Mum trägt nur schwarze Unterwäsche. Warum wird sowas ins Klo geworfen? Beim Beobachten der abfließenden Kackbrühe taucht dann ein Blatt Papier auf, das beschrieben ist.

Als ich es herausziehe und zu lesen anfange, stelle ich fest, dass es der Liebesbrief meines Vater an eine Frau ist, die er während einer Kur kennengelernt hat und von der er auch schon verdächtig oft erzählt hat.

Ich verstecke den Brief in einem Ligusterbusch, um ihn später zu säubern, zu trocknen, genauer zu lesen und als Beweis aufzuheben. Das macht mich richtig fertig. Ich überlege, wie es wäre, wenn meine Mutter das von mir erfährt. Es ist ja schon für mich ein Schlag ins Gesicht, ein Schock. Papa ist ehrlich und treu, da war ich mir sicher.

Ich werde es Mumchen nie erzählen, soviel ist sicher. So stehe ich nun in der stinkenden Scheiße und sehe traurig der abfließenden Kackbrühe hinterher.

Ist doch alles zum Kotzen. Die Sonne scheint, als wäre nichts passiert.

25. Transcripti

Wir sollen eine Transkription von einem beliebigen Jazz- oder Popsong ausarbeiten und in zwei Wochen abgeben. Alles, was in diesem Song klingt und die dazugehörigen Artikulationszeichen, sollen herausgehört und haarfein aufgeschrieben werden. Das ist was für mich, eine Herausforderung, so richtiger Fummelkram, mit dem ich mich alleine beschäftigen kann, das liegt mir. Nach dem Berufsfindungstest vom Arbeitsamt, den wir in der Schule in der achten oder neunten Klasse gemacht haben, stand bei mir am Ende der Beruf Damenschneider auf Platz eins. Eigentlich genial, meine Eltern und die Familie väterlicherseits sind sowieso in der Modebranche, da hätte ich es mit Leichtigkeit zu einem Modeschöpfer der ersten Garde geschafft, aber irgendwie habe ich diesen Test vom Arbeitsamt, dessen Ergebnis aus heutiger Sichtweise ein Volltreffer war, nicht ernst genommen. Ich fand das Ergebnis damals auch etwas peinlich.

Transkribieren ist nun nicht gerade kreativ, dafür kann ich aber beweisen, wie gut mein feines musikalisches Gehör ist und wie geduldig und präzise ich arbeiten kann. Das interessiert und merkt ja sonst keine Sau. Knallhart deinstalliere ich den Funksong »Gimme What You Got« von Spice, einer erstklassigen deutschen Funkband. Gesang, Backgroundgesang, Gitarre, Bass, Keyboard, Schlagzeug, ein dreistimmiger Bläsersatz und Trompetensolo sind auseinander zu fummeln und auf Papier zu bringen. Immer und immer wieder muss ich die Aufnahme zurückspulen, um am Klavier in der

Hochschule Bläsersätze, Akkorde und den ganzen anderen Kram zu erkennen, zu orten und in sauberer Notenschrift auf Papier zu bringen. Nach knapp zwei Wochen Transkribieren und Vernachlässigung aller anderen Aufgaben im Studium bin ich fertig mit meiner feinsäuberlichst ausgearbeiteten Funkpartitur und überreiche sie dem Solfège-Dozenten Herrn Teerma mit der Hoffnung, nicht zu viele Fehler gemacht zu haben. Und, wo wartet die nächste auf mich zugeschnittene Aufgabe, eine mit sichtbarem Anfang und Ende. All die anderen Herausforderungen, die im Moment vor mir liegen, sind nach hinten so offen, so unsichtbare Ziele, weit weg hinter dem breiten Horizont.

Das Glück, Glücklichsein.

Natur, Wärme, keine Ziele, Zäune oder Mauern. Unberührte Natur, ohne Worte, einfach da sein mit ihr, sich mit ihr eins fühlen, hier und dort tasten und gucken, in ihr liegen, das ist Glück.

Mir fällt nun auf, dass ich mich in diesem Paradies alleine sehe. Frisch verliebt sein macht glücklich, wischt das Hirn sauber, lässt einen zum simplen Tier werden. Doch wenn ich bei Glück an Zweisamkeit zwischen Mann und Frau denke, habe ich gleich wieder Angst vor Verletzungen durch mich und vor den unvermeidbaren, unsichtbaren Zäunen.

Ich muss verliebt sein, das braucht Zeit. Dann erst sext es. Später aber habe ich die Frau an den Hacken, was auch wieder nervt.

Wann stirbt Papa endlich, ich will, dass er geht, er soll nicht mehr da sein, wenn ich nach Hause komme und in Ruhe relaxen will. Endlich eimal ausgedehnt wichsen, kiffen und machen, was ich will, ohne diesen kranken Vater. Mum soll endlich frei sein von den erdrückenden Sorgen um sein jämmerliches Restleben. Ich liebe Mum so sehr, und mir tut es so weh, wenn sie leidet. Mich zieht das inzwischen noch viel mehr runter als Papas langsames Sterben. Fast zehn Jahre mit dem fiesesten Krebs und seinen Auswucherungen, die uns immer mehr befallen, sind nun langsam genug, die Belastungsgrenzen sind erreicht.

Lass uns alleine, wir schaffen es auch ohne dich. Wenn du tot bist, wird alles besser und einfacher.

Mit einer Woche Verzögerung sollen wir die Transkriptionsarbeit nun endlich von Herrn Teerma zurückbekommen. Meine Zensur schätze ich auf der Punkteskala von eins bis zehn mit einer acht ein. Eine sieben ist auch okay, aber eben nur die sieben, fünf Punkte wären scheiße. In alphabetischer Reihenfolge, bei der ich früh dran bin, bekommen wir jetzt die Arbeiten zurück. Ich brauche einen Moment, bis ich die Zensur finde: neun Punkte habe ich, trotz einiger beim Durchblättern gefundener rot markierter Fehler, ergattert. Die ätzende Kleinstarbeit hat sich gelohnt. Ich bin stolz. Dann stellt sich heraus, dass keiner außer mir neun Punkte erreicht hat. Alle gucken mich an, nicht neidisch, eher sehr erstaunt darüber, was ich draufhabe und Herr Teermas Blick in meine Richtung sagt, dass es stimmt, ich bin der Beste. So ein Gefühl hatte ich bis jetzt nur zweimal: einmal in der fünften Schulklasse nach einer Mathematikarbeit, Ergebnis einhundert Prozent richtig, als Einziger, und noch einmal nach einem Hundertmeterlauf in der achten oder neunten Schulklasse gegen einen sehr schnellen Fußballer, gegen den ich normalerweise keine Chance hatte. Mit Papas Sprinterschuhen war ich angetreten, habe es mir dann kurz vor dem Start doch noch anders überlegt und lief im Fußkontakt mit der Erde ganz einfach barfuß. Startschuss, keiner ist verletzt. Nach zwanzig Metern merke ich, dass der Fußballtyp Probleme mit meinem hohen Tempo hat und ziehe mit Hilfe von sehr gut dosiertem körpereigenem Adrenalin voll durch und gewinne.

Der Profi kann es gar nicht glauben – ich auch nicht.

Die beste Note von allen Studenten aus meinem Jahrgang, das muss gefeiert werden. Zuerst in dem Hochschulcafé mit ein paar Bierchen mit Kollegen, dann in meinem Lieblings-coffeeshop, in den ich mit Engel, Hannes, John, Till und den beiden smarten Italienern einkehre. Ne dicke Tüte mit holländischem Gewächshausgras macht bei uns die Runde und ballert mich nach zwei tiefen Lungenzügen mit seiner gewaltigen Wirkung in ein warmes Hochdruckgebiet.

Die Sonne scheint jetzt selbst in geschlossenen Räumen. Ich fühle mich wie im Urwald, stark wie ein Gorilla, aber nicht so schwer. Die beiden sexy Italiener wollen jetzt Billard spielen und fragen, ob ich gegen sie antrete.

Billard konnte ich bisher nur einmal gut spielen. Da waren wir mit einer Band nach einem Gig in meiner Heimatstadt in einer Kneipe und ich spielte mit der hübschen Sängerin gegen den Keyboarder und den verrückten Schlagzeuger, die viel besser waren als wir, es war schon echt unangenehm. Ohne Kommentar ging ich kurz eine Kneipe weiter in einen halblegalen Kifferladen, kaufte mir etwas Gras und rauchte einen kleinen Joint, weil ich dachte, es hilft vielleicht, oder wenn nicht, ist die Verliererei dadurch nicht ganz so deprimierend. Ganz schnell stand ich wieder am Billardtisch und war an der Reihe.

Wie ferngesteuert schoss ich eine nach der anderen Kugel über unglaubliche Bandenumwege in die Löcher, bis unsere Kugeln versenkt waren und wir gewonnen hatten. So ging es dann weiter und unsere Gegner gaben hilflos auf.

Und genauso wie damals war es jetzt hier im gemütlichen Coffeeshop mit den beiden Italienern. Machomäßig stehen sie am Tisch und besprechen ihre Taktik. Der Kleine fängt an, versenkt zwei Kugeln, die dritte geht daneben. Dann bin ich an der Reihe. Der erste Schuss, ohne Banden, versenkt easy eine Kugel. Gutes Gras, genau richtig. Okay, mal ausprobieren ob die Fernsteuerung auch heute funktioniert, ich spüre sie schon. Über komplizierte Umwege, eigentlich unmöglich für mich, versenke ich alle meine Kugeln wie ein Vollprofi und habe gewonnen. Ich kann's kaum glauben, die können es kaum glauben. Nach dem zweiten gewonnenen Spiel höre ich auf, denn ich habe Bedenken, ob mein Spielglück noch länger anhält. Die Wirkung vom THC verändert sich nämlich langsam und die Italiener sind leicht genervt und ratlos, sie tun mir schon leid. Es wird noch gekifft, bis die Lunge streikt und dann gehen wir alle in einen der drei Livemusik Clubs Groningens, in dem feinste Groovemusik von der Bühne die Körper der anwesenden Gäste heiß macht. Hier sind geile Studentinnen ohne Ende, wieso kommt da keine zu mir, ich bin doch der Coolste? Müsste ich wohl selber die Initiative ergreifen und eine ansprechen. Nach einigen kleinen Bierchen eiere ich langsam durch das niedliche Stadtzentrum bis zu meiner Bruchbude und lasse den Tag, soweit es in meinem Zustand möglich ist, Revue passieren.

Was für ein Wahnsinnstag, was für unglaubliche Erfolge für mich, fehlt nur noch eine Frau.

26. Doch nicht

Früher war das alles so einfach. Bin ich inzwischen dem Wichswahn verfallen, ist mir Selbstbefriedigung wichtiger als realer Sex?

Die Euphorie meines Erfolges ebbt schnell wieder ab und es ist wieder wie vorher, so ziellos und traurig. Der Optimismus, der mich normalerweise in depressiven Phasen antreibt, nicht aufzugeben, verliert immer mehr von seiner ungemein wertvollen Kraft. Ich habe zwar kein richtiges Ziel, aber der Glaube an ein positiv ausschlaggebendes Ereignis, welches mich an das Glück bringende, unbekannte Ziel beamt, hat mir bisher immer geholfen, nicht vom Ast zu fallen.

Jetzt hab ich kaum noch Kraft und Elan, das Gleichgewicht zu halten und auch der Ast wird langsam morsch. Ich mache weiter, gebe nicht auf, helfe meinen Eltern so gut wie möglich, gehe zur Hochschule, lerne, versuche mitzuhalten, doch irgendwas lässt mich immer mehr in eine depressive Trancestimmung gleiten. Nichts wird besser, alles wird schlechter. Alles ist scheiße. Ein Joint kann auch nicht mehr das, was er mal konnte, die Wirkung schenkt mir kein Glück, sondern ein schlechtes Gewissen.

27. Frust

Tom Kirkman aus New York ist ein Gastdozent, der seit neuestem an der Hochschule als Trompetenlehrer tätig ist.

Er macht ein Praktikum für drei Monate, danach wird von den Bossen entschieden, ob er fest eingestellt wird oder eben nicht. Tom gefällt mir, er sieht aus wie Danny de Vito in grauem Anzug, mit wenigen, hellen Harren auf der glänzenden Kopfhaut, ist immer bestens gelaunt und verbreitet eine Aufbruchstimmung. Als ich ihn in einem kleinen Club das erste Mal Trompete spielen höre, bin ich begeistert. Er improvisiert genauso auf BeBop, wie ich es mag und es selber noch nicht kann. Die Achtel- und Sechzehntelnoten reihen sich aneinander wie Perlen in verschiedenen Größen, die mit hoher Geschwindigkeit aus einer schmalen Rinne in alle Richtungen geschossen werden, anschließend durch die Luft springen und gleiten, und das Beste ist, es hört einfach nicht auf, nur ganz kurze Pausen, bis er fertig ist und das Solo an den nächsten Musiker abgibt. Mann, ist das kriminell geil, wie in einem High-Speed Thriller, den man vor zu viel Spannung kaum aushalten kann. Wenn der vor Publikum spielt, ist er voll in der Welt, in die er gehört, die er liebt – das merkt man deutlich. Ich erzähle Tom, wie geil ich sein Spiel finde, und die Trompete sowieso mein Lieblings-Blasinstrument ist. Er bietet mir darauf an, mir in ein paar privaten Unterrichtsstunden zu zeigen, wie so eine Trompete gespielt wird. Ich habe aber keine Trompete. Geniales Instrument, die Trompete, nur drei Knöpfe oder Ventile, die zu betätigen sind und ein sauberer klarer Ton wie ein Vogel, nicht so kompliziert, wie das von allen geliebte mopedknatternde Saxophon mit seinen tausend Knöpfen und Klappen. Frauen finden Saxophon meistens toll. Wegen der Form des Instruments vielleicht, soll angeblich erotisch wirken. Leoni hat sich einen Saxophonisten ausgesucht, aber wohl eher, weil Jan nach Geld riecht und nicht, weil er mit dem Instrument unwiderstehlich sexy rüberkommt. Trompete spielen, wenigstens mal ausprobieren, das wäre es. Obwohl das Studium anstrengend genug ist, höre und sehe ich mich nach einer gebrauchten Trompete um. Ich finde sie zwei Tage später in der städtischen Musikschule an der Pinnwand auf einem Zettel, angeboten für dreihundert Gulden, probiere sie bei dem Besitzer aus und kaufe sie. Ein guter Koffer, Öl und Reinigungsutensilien, alles ist dabei.

Bei dem ersten Treffen zum Trompetenunterricht mit Tom muss ich erstmal die Flamme eines Feuerzeugs durch Pusten gleichmäßig schräg halten, was schon mal sehr gut klappt. Tom ist beeindruckt, er kann es nicht besser.

Danach erklärt er mir, wie die Bb-Dur-Tonleiter auf diesem Instrument gespielt wird und notiert dabei auf einem Blatt Notenpapier Hinweise, welche Knöppe man für welchen Ton drücken muss. Ganz einfach, drei kleine Kreise, die übereinander liegen, stellen die drei Knöpfe oder Ventile der Trompete dar, wie eine Ampel. Den oder die ausgefüllten Kreise drücken, ist gar kein Kreis ausgefüllt, keinen Knopf drücken. Der Mann ist so lieb und nett, das gibt es gar nicht. Er notiert auf einem weiteren Notenblatt noch alles, was ich für den Anfang wissen sollte und lädt mich dann auf ein Bier in die nächste Kneipe ein. Er investiert den Lohn, den ich ihm gezahlt habe, in das Bier für uns und wir unterhalten uns angeregt fröhlich über alles mögliche.

Irgendwann verabschiedet er sich wegen eines Termins und ich geh mit meinem kleinen braunen Trompetenkoffer in der Hand nach Hause und fühl mich wie Chat Baker. Ich soll ihm Bescheid sagen, wenn ich für eine weitere Stunde Unterricht bereit bin. Tom ist zwar immer gut drauf, wirkt aber bei genauerem Hinsehen irgendwie auch einsam und unglücklich. Ein guter Musiker zu sein hat seinen Preis.

Es gehen Gerüchte über Toms Drogenkonsum in der Hochschule rum, dadurch bekommt er Probleme mit dem Führungsstab. Er ist doch nicht der einzige, der Alkohol, Cannabis, Koks, Heroin oder diverse Pillen nimmt. Der geniale Geschichtsdozent hat auf seinem Tisch immer demonstrativ verschiedene Tablettchen aufgereiht, die er zwischendurch im Unterricht schluckt, als sei es das Normalste der Welt. Vielleicht sind es auch nur Vitamine. Bevor ich meine zweite Unterrichtsstunde wahrnehmen kann, ist mein Trompetenhero Tom Kirkman wieder verschwunden.

Sie haben ihn rausgekickt, weil er mit den italienischen Studenten, die auch einen kräftigen Einlauf bekamen, kleine Pillenparties abgehalten haben soll. Da hat jemand gepetzt. Ich bin wirklich sehr enttäuscht von der Hochschulleitung, Tom ist ein super Musiker und Lehrer, so einen finden die nie wieder.

Die Drogenprobleme müsste Tom doch mit etwas Hilfe in den Griff bekommen, wenn es sie denn gibt, aber nein, kurzer Prozess. Die Beweislage war scheinbar erdrückend und tschüss. Der Rauswurf von Tom Kirkman war noch nicht alles. John, der Trompeter aus Hamburg, muss die Schule auch verlassen, weil seine Leistungen in den Theoriefächern zu schwach sind. Besonders in Solfège, diesem Raushörkurs, kommt er nicht mit. John ist immer aufgeregt vor schriftlichen Prüfungen. Währenddessen kann er nicht mehr konzentriert zuhören, seine Antworten sind dann meistens falsch. Es tut mir leid und es tut mir weh, dass er gehen muss. Klavier üben, Trompete ausprobieren, Schummelzettel für

Prüfungen vorbereiten, Gehörtraining, abends kiffen und vor dem Schlafen einen wichsen. An Wochenenden und in den Ferien nach Deutschland zu Mum und Papa Frust tanken, im Garten helfen und Papa nach Berlin fahren. Der E-Bass tritt immer mehr in den Hintergrund und wird nur noch in die Hand genommen, um bei Live-Gigs Geld zu verdienen und wenn es für das Studium unbedingt sein muss. Trotz der Lustlosigkeit bin ich basstechnisch überdurchschnittlich gut vorbereitet, wenn es darauf ankommt. Ich kann es nicht anders, will alles richtig gut machen und Kritik gar nicht erst entstehen kann. Schlechte Kritiken und eigene Fehler kann ich kaum aushalten.

Mit einer großen, zusammengewürfelten Studentenband üben wir den Song »Birdland« von Weather Report ein, um ihn dann im Veranstaltungssaal der Hochschule bei einem Vormittagskonzert aufzuführen. Ich bin gut vorbereitet und freue mich auf den Gig. Zwei hübsche blonde Sängerinnen sind in der Band, das ist mal was anderes, da muss man gut abliefern und außerdem gibt es logischerweise auch Publikum. Da ich kein elektrisches Stimmgerät besitze, sondern nach Gehör meinen Bass stimme, benutze ich vor dem Konzert als Tonvorgabe den Flügel im Saal. Das war ein fataler Fehler, den ich nie wieder machen werde. Wir sind alle auf der Bühne, es soll losgehen. Eins-zwei-drei-vier, ich spiele die ersten Basstöne zu den megafetten Keyboardharmonien und bekomme das Grauen. Es klingt zum Kotzen, der Bass ist zu tief gestimmt, verstimmt. Die Bandmitglieder sehen mich mit Fragezeichen im Gesicht an, das Publikum ist sichtlich wenig begeistert, Dozentenblicke in meine Richtung. Was soll ich nun machen, der Bass hat keine Pausen, in denen ich kurz die Stimmung überprüfen könnte. Aufhören, stimmen und nochmal mit dem Song von vorne anfangen wäre die klügste Entscheidung, zu der ich aber nicht entschlossen genug bin. Als das Stück endlich vorbei ist: Applaus bleibt aus und alle sind enttäuscht und verlassen den Saal fast lautlos.

Der ganze Song wurde von mir zerstört, der fucking Flügel, den wir für unsere Darbietung nicht in Anspruch nahmen, ist verstimmt, unglaublich aber wahr. Das ist so peinlich, eine Blamage hoch zehn, total unprofessionell. Ich war so gut vorbereitet und dann so ein Desaster. Normalerweise stimme ich immer nach dem Klavier und verzichte auf moderne elektronische Stimmtechnik für Blöde. Es ging voll in die Hose und ich kann nicht beschreiben, wie bekloppt ich mich jetzt fühle. Quälende Gedanken den ganzen Tag, die ganze Woche, wie ein Stich ins Selbstbewusstsein, der nicht verheilen will. Niederlagen dieser Art schnell wegzustecken, ist eine sehr große Kunst, die ich nicht beherrsche. Erst nach einigen Wochen stabilisiert sich mein Befinden wieder.

Teil 2

28. Witt

Ich will, muss mich herauskatapultieren aus der Realität. Ich halte es nicht mehr aus. Haschisch oder Gras haben nicht genügend Kraft, mich mitzunehmen, darum frage ich Peter, den Junkie, der sein Zimmer schräg über mir hat, nach einer schnell wirkenden Droge. Mir ist eigentlich egal, was für eine Droge, Hauptsache, sie haut mich aus mir raus. Ich kann mich nicht mehr ausstehen. Kein LSD, viel zu gefährlich, darauf kann man übelst hängenbleiben, der Trip endet dann nie mehr. Heroin, lieber nicht. Das ist sicher echt zu heftig und davon wird man hässlich. In Deutschland sehen die Junkiewracks viel schlimmer aus als in Holland. Das liegt bestimmt an der schlechteren Qualität des Stoffes und der Substitutionsmittelchen. Peter empfiehlt mir Koks zum Rauchen, auch Witt genannt, deutsch Weiß und gibt mir eine Telefonnummer von einem Dealerteam, das gleich hier um die Ecke, nur fünfzig Meter entfernt, in einer Wohnung ansässig ist und das Zeug vertickt. Näher als jeder andere Laden, wie praktisch. Eine Woche lang halte ich meinen quälenden Zustand noch aus und entscheide mich nach einem kurzen Kampf, die Koksconnection zu kontaktieren. Ich ruf da also an und der Typ am anderen Ende nennt mir den Treffpunkt für den Deal, der gleich an der nächsten Straßenecke stattfinden soll. Wir treffen uns fünf Minuten später und ich kaufe unauffällig für fünfundzwanzig Gulden Witt von dem sehr jungen Dealer, drehe mir dann zu Hause etwas in eine Zigarette und rauche.

Die Wirkung setzt sofort ein.

Lampe an! Feiner, aktiver Diamantenstaub hebt mein Ego. Alle Probleme sind schlagartig wie weg, das Gehirn ist frei von Ballast, Glücksgefühle durchdringen meinen ganzen Körper, der plötzlich kraftvoll und selbstbewusst ist. Frühling im Kopf, alles ist ganz klar, ohne negative Ablenkung, unglaublich, diese superschnelle Wirkung.

Zehn Minuten lang mache ich Ordnung im Zimmer und drehe mir dann noch eine Zigarette mit dem weißen Pulver. Das kickt wirklich, als wenn ein Fußball geschossen wird und dann frei fliegt. Das Zeug macht dermaßen geil. Ich beginne, an mir herumzufummeln, lege mich zum Wichsen auf das Bett und stelle mir die schönsten Frauen aus meiner Kopfbildergalerie in allen möglichen Posen vor. Die blonde holländische Sängerin in enger Jeans zeigt mir im Hochschulcafé sexy lächelnd ihren Arsch und ihre weichen Pussyabdrücke. Dich will ich ficken. Breitbeinig hockt Eileen, ein Traum aus Nordafrika, in einer weiten Hose aus ganz dünnem weißen Stoff in meinem Blickfeld und sucht etwas in einer Tasche. Der dünne Stoff schmiegt sich ganz eng an ihren Modellarsch und zwischen den Beinen drückt sich die Naht der Hose in ihre äußeren Schamlippen.

Bleib so, lass mich ran. Ich schaue jeden Zentimeter aus allen Perspektiven genau an und meine Fingerspitzen streicheln sich vorsichtig an die warme Quelle heran. Leoni sitzt wie immer in Jeans mit gespreizten Beinen auf einem Stuhl und wartet auf meinen großen Schwanz, den sie sich als Vorspeise in den Mund schieben wird, bevor wir wie wild aufeinander losgehen und ficken, bis wir überall glitschig sind. Die saugeile Bedienung aus dem Coffeeshop, eine Holländerin mit unendlich langen, glänzenden dunkelblonden Haaren und leichten Sommersprossen im paradiesischen

Gesicht ist an der Reihe. Ihr zerbrechlicher Turnerinnenkörper ist genauestens nach meinem Geschmack geformt, geiler geht's wirklich nicht, so unendlich sexy und knackig, einfach vollkommen. Nachdem wir alle möglichen versauten Perversitäten ausprobiert haben, garniere ich sie mit einer großen Ladung meines Spermas, bis sie nichts mehr sehen kann.

Das Gewichse ist deutlich intensiver, aber anstatt mir zur finalen Orgasmusexplosion nochmal die Geilste vorzustellen, meldet sich die Droge und sagt: »Nimm noch mehr von mir, dann wird es noch viel besser«. Ja, gut, aber das ist jetzt die letzte Koksportion für heute Abend, es soll ja noch etwas übrig bleiben für eine weitere kleine Party mit dem genialen und wertvollen Stoff. Zum finalen Orgasmus zu gelangen, entpuppt sich als Schwerstarbeit, es dauert länger als sonst und erfordert hohen sportlichen Einsatz. Die pornographischen Szenen laufen schneller ab und ich gebe richtig Gas, bis das Ventil sich öffnet und die Soße heraus spritzt. Schlapp schlafe ich im Garten Eden ein.

Am nächsten Tag erscheint das Erlebte wie ein erfrischender Kurzurlaub. Genau die richtige Droge, um zwischendurch mal raus zu kommen, raus aus der beschissenen Wirklichkeit. Zwischendurch, ab und zu, selten!

Es wäre finanziell auch gar nicht möglich, mir diese Droge öfter zu leisten, deren Rest ich sicher in einem guten Versteck hier im Zimmer deponiere. Allein der Besitz dieser Droge beruhigt die Seele und gibt mir die Sicherheit zu fliehen, wann ich will.

In dem Zimmer hinter meinem ist seit neuestem ein scheinbar frisch verliebtes Punkpärchen zuhause. Der ruhige Technikstudent ist fertig mit seinem Studium und ausgezogen. Laute aggressive Musik, die durch die dünne Wand in mein Zimmer dröhnt, läutet unverkennbar den Schluss einer einigermaßen angenehmen Wohnatmosphäre ein. Peter von oben ist ja auch nicht gerade leise, aber es war bis jetzt auszuhalten. Jeden Tag, wenn ich von der Hochschule komme, dröhnt die Mucke nun wie eine Walze gegen die Wand und gegen meine Nerven. Sich hier auf irgendwas zu konzentrieren, zu entspannen oder einfach klar zu denken, ist nahezu unmöglich geworden. Der einzige Wermutstropfen ist, dass in der Woche ab zweiundzwanzig Uhr die Musik sehr leise oder gar nicht mehr erklingt. Wie gesagt, in der Woche. An Wochenenden ist Partytime bis spät in die Nacht. Ich muss hier raus, sonst ist der Suizid nicht mehr abzuwenden. Ich werde mich den beiden bei der nächsten passenden Gelegenheit nett vorstellen und gleichzeitig über den pausenlosen Lärm beschweren, der mich echt wahnsinnig macht. Auf dem Flur passe ich das Punkmännchen auf seinem Toilettengang ab, stelle mich nett vor und trag ihm mein Problem mit der Lautstärkefolter vor. Der Typ sieht sympathisch aus und bittet mich in sein musikdurchdrungenes, woodstockiges Wohngemach. Dort stelle ich zu meiner Verwunderung fest, dass die Mucke hier in einem normalen Lautstärkepegel vor sich hin hämmert, da kann man eigentlich nicht meckern. In meinem Zimmer hingegen, da stimmt mir der Punk zu, entwickelt sich die bunte Hardcoremucke zu einem Bassmonster, in dessen Sound Erstickungsgefahr herrscht. Meine Beschwerde bringt daher so gut wie gar nichts, es liegt an der beschissenen Pressholzwand, die kostengünstig unsere Zimmer trennt. Am gleichen Tag, so gegen Mitternacht, knallt die Haustür und lässt das ganze Haus zittern. Jemand stürmt mit großem Lärm die Treppe zu Peter hoch und wieder runter und wieder mit einem Türknall raus, crazy Peter wahrscheinlich. Wenig später und etwas leiser geht die Tür wieder und ich höre zwei Stimmen, die ängstlich und hektisch diskutieren.

Ich erkenne Peters Stimme, dann ist Ruhe. Lautes Klopfen reißt mich aus dem Halbschlaf. »Politie«, die Bullen stehen vor der Tür und fordern energisch Einlass. Ich halte mich da mal schön raus und rühr mich nicht vom Fleck. Es kracht, die Bullen stürmen ins Haus und nach kurzem Tamtam ist wieder Ruhe. Die bösen Buben wurden abgeführt, das konnte ich durch die Jalousie an meinem Fenster beobachten.

Das ist also Holland, Höllenland, ich bin mittendrin in unerträglichem Chaos. Auf Krach folgt Krach. Dieses Irrenhaus macht mich irre, ich muss schnell eine andere Bleibe finden, bevor der Stress mich gänzlich zermartert und habe da auch schon etwas richtig Gutes in Sicht. Eine schallisolierte Musikstudenten-Wohnung für nur dreihundertachtzig Gulden, von einem Kiffdrummerstudenten, der bald zurück nach Hamburg zieht, weil er hier psychomäßig nicht mehr klarkommt.

Peter ist am nächsten Tag wieder raus aus der U-Haft und erstattet mir mit nervösem Gesichtsausdruck Bericht. Eine Tankstelle war der Tatort, an dem Peters Drogenkollege gestern die Frau hinter dem Tresen mit einem Messer bedrohte und ihr das Bargeld nach aggressiver Forderung abnahm. Danach flohen sie in die Van Kerkhoffstraat einundzwanzig, genau hierher. Peter wollte das Ganze nicht und hat seinen Macker noch gewarnt, dass die Gefahr, erwischt zu werden, viel zu groß ist. Und überhaupt, unschuldige Menschen bedrohen, so was tut man nicht, sagt er. Ich glaube ihm das, denn Peter ist nicht der Typ, der anderen durch sein Drogendilemma Schaden zufügen will.

Er ist nett, irgendwie niedlich und schlau, aber leider schwerst heroinsüchtig. Bei einem Kaffee in seinem Zimmer referierte er mal beeindruckend verständlich und gut informiert über die Deutsche Geschichte, das Dritte Reich und die aktuelle deutsche Politik. Alter Schwede, da war ich schwer beeindruckt. Peters Drogenkollege sitzt jetzt im Knast fest, aber ihm selbst konnten sie keine schwere Straftat anhängen. Die Hilfe bei der Flucht, Peanuts! Zwei Zivilbullen, harte, coole Typen, erscheinen am Nachmittag nochmal und verhören routinemäßig alle, die in dieser chaotischen WG gerade anwesend sind, sehr freundlich zu den Geschehnissen in der letzten Nacht.

Eine Kippe mit Witt habe ich mir nach dem Heckmeck nun wirklich verdient. Der letzte Kick liegt ja schon fast eine Woche zurück, will nämlich noch auf ein Konzert in der Hochschule. Mal gucken, wie das kommt, wenn ich mich vorher etwas happy kicke und mich dann unter das Studentenvolk mische. Interessant, die Vorstellung, das probiere ich aus. Nachdem die Droge mich blitzschnell aufgeweckt hat und mein Körper lacht, trete ich locker und flockig den museumsreifen Weg durch Groningen City mit dem Giant Mountainbike, dem heute fliegenden Teppich, in Hochstimmung an. Es ist toll, dieses Mit-Allem-Zufrieden-Sein-Gefühl, die Kraft und Unbeschwertheit. Die Welt ist eine Frühlingsblumenwiese. Selbstbewusst und mit strahlender Aura, einem Heiligenschein allumfassenden Ausmaßes, flutsche ich ins Getümmel der wartenden Musikstudenten, leider fast alles Männer, die auf den in der Szene sehr bekannten Jazzgitarristen Mike Stern aus den USA warten. Mr. Stern sollte normalerweise vor dem Konzert einen Gitarrenworkshop geben, erschienen ist er nicht.

Der Hochschuldirektor ist stinkesauer und als Stern dann mit zweieinhalb Stunden Verspätung erscheint, lässt er seinem Ärger kurz freien Lauf. Mike Stern hört sich das entspannt an, und als der Direktor fertig ist, kontert Stern: »Sind wir hier bei Hitler oder was?« und wendet sich ab. Alter, wie geil ist denn das. Der Direktor ist total baff. Mike Stern sucht sich ein paar Gitarrenstudenten aus der Menge und verdünnisiert sich mit ihnen, um das Konzert, das nach dem Workshop eigentlich stattfinden sollte, vorzubereiten.

Der Mann spielt also mit den Schülern, nicht mit seiner Band, das wusste ich gar nicht. Die echte Mike Stern Band spielt morgen in De Oosterpoort, das sind zwei große und moderne Konzerthallen, in denen namenhafte Künstler ihr Können zum Besten geben, wenn sie wollen und die Gage stimmt. Da will ich auf jeden Fall dabei sein, wenn Stern mit seiner hochkarätig besetzten Band dort spielt.

Während Stern und die ganzen Gitarrenfreaks im Hochschulsaal ihre dünnen Saiten bearbeiten, lassen Till und ich uns im Café, das direkt neben dem Saal liegt, genüsslich mit Heineken Bier volllaufen.

Nachdem Mike Stern fertig ist, leisten uns die Hamburger Jungs beim Trinken Gesellschaft, wir sind bester Stimmung und cool wie Cowboys. Eileen, die mit der dünnen weißen Stoffhose, ist auch da und macht mich wild. Ich rede das erste Mal mit ihr, man kann es auch schäkern nennen, auf jeden Fall ist es großartig. Ich will und muss sie heute haben, und frage sie, als wir turtelnd auf dem Nachhauseweg vor ihrem Wohnhaus stoppen, ob sie mich mit nach oben nimmt. Fröhlich lachend lehnt sie meinen Vorschlag ab und springt die schmale Treppe zu ihrer Wohnung hoch, wobei ich den Anblick ihres Arsches genieße.

Immerhin, ich habe sie direkt gefragt und sie war nicht böse. Es besteht also die Chance, diese Traumfrau eventuell bei einer anderen passenden Gelegenheit rumzukriegen, vielleicht ja schon morgen nach dem Mike Stern Konzert im Oosterpoort.

Am nächsten Tag rauche ich vor dem Mike Stern Konzert den Rest vom Fest, dieses Mal etwas mehr, denn die Restmenge lohnt sich nicht für weitere gute Kicks.

Im Saal eins ist es fast schon ganz voll und ich nehme den nächstbesten Sitzplatz beim Ausgang. Im Saal zwei nebenan gibt Willie De Ville ein Konzert, auch nicht schlecht. Steil, wie in einer echten amerikanischen Basketballarena, sind die Sitzplätze angeordnet. Hier kann jeder gut sehen und die Architektur der Wände und Decken lässt darauf schließen, dass hier bei der Planung des Baus Soundprofis am Werke waren. Pünktlich um zwanzig Uhr betreten Mike Stern, Dave Weckl, und Jeff Andrews die Bühne und beginnen mit einem bluesigen Musikstück. Danach spielen sie wieder etwas Blues, und dann nochmal.

Das Publikum ist überwiegend begeistert, aber mich langweilt das, ein Blues nach dem anderen und der Stern feiert sich wie der King, echt peinlich. Ich gehe raus und checke die Möglichkeit, bei Willie De Ville ins Konzert zu kommen. An der Zwischentür in dem Bereich des zweiten Saales steht ein Securitymann in Hotelpagenuniform, den ich frage, ob er mich bei Willie De Ville reinlässt, weil Mike Stern mich langweilt. Er weist mich zweimal ab, beim dritten Mal ist er aufgeweicht und lässt mich, von meiner Hartnäckigkeit angetan, die Zwischentür passieren. Willie, ich komme! Ein Dorfplatz in Mexiko mit bäuerlich gekleideten Menschen jeglicher Couleur von Teenie bis Oma, eine Großfamilie, so ungefähr fünfzehn Darsteller, die easy musizieren. Heuballen, Holzklötze, eine kleine Hütte und alles von süßem Qualm umgeben. Es scheint die Sonne, obwohl wir in einer Halle sind und es gar nicht mal so hell ist.

Willie De Ville steht in der Mitte des Platzes, wie ein dürres, rauchendes Insekt in enger schwarzer Garderobe mit einem strahlend weißen Hemd darunter. Sein Diamantzahn blitzt mir unter seiner schmal rasierten Suppenbremse entgegen, eine angebrochene Flasche Jack Daniels steht wartend neben ihm auf dem Boden und er singt mit fettiger, knäteriger Stimme seine Botschaft in die Prärie hinaus.

Abwechslungsreiche und sehr gut arrangierte gute Laune Musik, auch wenn sie teilweise von Schmerz und Leid erzählt. Die Herde, in der nach Gras duftenden Prärie, ist außer sich vor Freude und ich mittendrin. Geil, geil, geil, was für ein Chili-scharfes Konzert! Als Willie mit seiner Bauerngang den mexikanischen Dorfplatz verlässt, haben sich die Besucher des Mike Stern-Konzertes schon lange vom öden Bluesacker gemacht. Es besteht also so gut wie keine Chance, es bei der scharfen Eileen heute nochmal zu probieren, und ich gehe langsam zurück in die Van Kerkhoffstraat, um mich per Handbetrieb zu befriedigen.

Was passiert nach dem Sex mit einer Frau? Ist sie wirklich in mich verliebt, könnte es Komplikationen geben? Die Angst davor mauert mich ein. Andererseits, wenn sie dann in Echtzeit vor mir steht und ich gut drauf bin, muss ich sie anbaggern, das kommt ganz von selbst, von dem Verlangen und der Vorstellung, es mit dieser Göttin zu treiben. Dagegen kann ich nichts machen. Es wird sich noch eine Situation ergeben.

29. Herbst

Der Beginn des Herbstes '96 wirkt wie eine depressiv machende Medizin, alles ist scheiße und jetzt wird es auch noch kalt und dunkel. Das Grün der Bäume und Büsche löst sich in nichts auf, es bleiben einsame grau-braune Gerippe vor Stein und Beton über. Der Krebs zwingt meinen Vater eiskalt in die Knie und läutet unverkennbar den Countdown auf der Abschussbasis Richtung Himmel ein. Ich denke, entweder hat ihm das Lindan und PCP-haltige Xylamon, feiner Asbeststaub oder von der Schwerindustrie verseuchte Luft, die ihn als Baby, Kind und Jugendlicher in seiner Heimat bei Salzgitter umgab, die Todesspritze gesetzt. Mit Xylamon hat Papa in den Siebzigern, als das Teufelszeug noch nicht verboten war, die fleißigen Holzwürmer in den äußeren Fachwerkbalken und im Gartenzaun unseres Wochenenddomizils erfolgreich bekämpft. Ich habe nur einmal kurz dabei geholfen und musste wegen der dabei entstehenden Kopfschmerzen und eines ekligen Schwindelgefühls aufgeben. Immer, wenn Papa dann wieder mit Xylamon hantierte, habe ich mich weit entfernt und mich gefragt, warum ihm diese Drecksarbeit nichts ausmacht. Vielleicht war es für ihn eine Art Drogenrausch, den man in Kauf nehmen muss, um die Würmer zu töten. Bei der Renovierung des jetzigen Elternhauses sägte Papa einige Asbestplatten, diese gewellten Teile für Dächer, wiederum ohne jeglichen Atemschutz mit einer Flex in die gewünschte Form. Dabei hat er sich den hellgrauen Asbeststaub freiwillig direkt in die Lungen gezogen, ist doch echt total bekloppt für einen Naturfreak wie ihn. Oder waren es doch die naturreinen Roth-Händle Zigaretten, schon immer ohne Zusatzstoffe, aber so stark und widerlich schmeckend, dass ich sie früher nur im äußersten Notfall stibitzt habe und danach meistens sofort kacken musste.

Nun stirb doch endlich, befreie dich und deine kleine Familie.

Beim Wichsen muss ich mich jetzt umständlich zudecken, damit die zarten Nieren nicht anfangen, wegen der elenden Kälte rebellierend zu schmerzen. Dieses ewige Hin und Her, Jahr für Jahr mit Frühling, Sommer, Herbst und Winter in unseren Breiten, ist einfach nur anstrengend und nervig.
Mir geht es Scheiße, alles ist Scheiße.

Koks, ich will dich rauchen und umblättern in das Null-Problem Kapitel. Ein Anruf genügt und binnen zehn Minuten halte ich ein Bolletje, ein viertel Gramm in Plastik eingeschweißtes und vorher aufbereitetes Koks in meiner Hand und freue mich auf den nächsten geilen Superkick. Eine kleine Purpfeife habe ich mir gekauft, in der ich das Witt auf etwas Tabak gebe und mit einem Zug weghaue. Das kommt viel direkter und auch übersichtlicher als in einer gedrehten Zigarette und ballert dazu wie ein Schuss ins Gehirn, der mich erleuchtet. Es ist wie bei einer Geburt, die Erlösung vom engen Eingesperrtsein, vom Nicht-Wissen wohin, vom Nicht-Wissen, was kommt. Nur ein guter Zug aus der Pfeife und du bist, schon während der Rauch die Lungen erreicht, Gott, frei und unbeschwert, so einfach ist das. Peter erzählt mir ein paar Wochen später, dass es noch effektiver ist, die kleinen Koksbröckelchen pur auf Zigarettenasche zu rauchen, so machen es die Profis. Um Peters Rat zu befolgen, gehe ich in den Headshop, der in der Nähe der Hochschule liegt, und kaufe mir für elf Gulden eine wirklich kleine, gläserne Haschpfeife, deren Kopf einen Durchmesser von nur einem Zentimeter hat und aussieht wie ein Kölbchen für chemische Experimente. Dazu noch einen neuen Satz vergoldeter Siebchen, die ich bei der anderen Pfeife, die mir zum Pur-auf-Asche-Rauchen zu groß erscheint und nur noch zum Schnellkiffen taugt, auch benutze. Zu Hause angekommen, probiere ich die neue Art des Konsumierens ungeduldig aus. Als Erstes eine Zigarette rauchen, um genügend Asche zu gewinnen. Währenddessen versuche ich das Siebchen in der Mini-Pfeife zu platzieren, was sich als kompliziert herausstellt, weil das Glasköpfchen der Pfeife im blitzsauberen Zustand sehr rutschig ist und das Sieb keinen Halt findet. Ich biege das Sieb, welches ja auch irgendwie zu groß erscheint, zurecht wie einen Fingerhut und lege es in den Kopf, nicht perfekt, aber es hält so einigermaßen. Ein wenig Asche auf das Sieb, ein paar weiße Bröckchen auf die Asche, Pfeife an den Mund und mit dem Zeigefinger hinten zuhalten, wie bei einem Kawumm. Beide Rohrseiten sind offen, Feuerzeug anfunzeln, einen vorsichtigen Zug machen und dabei die Bröckchen beobachten, wie sie sich erst ganz kurz verflüssigen und dann als Rauch in das durchsichtige Innere der Pfeife gelangen. Sind alle Bröckchen verbrannt, Zeigefinger weg, den Rauch in die Lunge ziehen und so lange wie möglich drin behalten. Der Wunderrauch durchdringt den Körper, den Geist. Die Tür ist offen.

So bin ich, wie ich es mir immer gewünscht habe, frei, selbstbewusst und stark in nur wenigen Sekunden. Bei dieser Art zu Rauchen stelle ich erst richtig fest, wie geil das Witt schmeckt. Warmes, klares Eis, total sauber und rein, der genaue Geschmack ist nicht zu beschreiben, es gibt nichts Vergleichbares. Die Intervalle und die Dosis des Konsums steigern sich leicht, wirken sich aber nicht merklich auf meine Finanzen aus. Eintausend Gulden plus Gagen für seltene

Gigs stehen mir pro Monat zur Verfügung. Die Kosten der Fahrten nach Deutschland an den Wochenenden und in den Ferien kann ich durch Mitfahrgelegenheiten gering halten, außerdem habe ich die Ehre, umsonst mit einem Blumentransportunternehmen hin und her zu kommen.

Der polnische Fahrer ist nett und quasselt nicht viel und die Aussicht aus dem Blumen-Truck ist genial, man sitzt so schön hoch auf dem Thron. Es wäre sogar um ein Haar möglich gewesen, die Strecke zu fliegen, mit einer Cessna vom Blumenchef. Seine Frau hat es mir angeboten, aber der Bonze wollte mich dann doch nicht mitnehmen, wahrscheinlich schmuggelt er Drogen.

30. Van Laack

Endlich wird die schallisolierte Musikerwohnung frei.

Habe schon nicht mehr daran geglaubt, sie zu bekommen, aber dann geht es ganz schnell. Der Hamburger Kifferstudent gibt mir die erfreuliche Information in einem sehr niedergeschlagenen Zustand. Seine Mutter liegt auf dem Sterbebett, es wird Zeit, bei ihr zu sein, ich darf die Wohnung Ende des Monats übernehmen. Da lag ich wohl falsch in der Annahme, er wäre immer so down, weil er zu viel kifft und dadurch Psychoprobleme hat. Seine Mutter stirbt langsam an Krebs, wie mein Vater, das macht ihn fertig – er bricht das Studium ab.

Wieder mit dem Fahrrad und zu Fuß bewerkstellige ich den Umzug in die Atjehstraat achtzehn. Der Name der Straße klingt interessant und kommt von den Niederländischen Antillen, einer Inselgruppe in der Karibik, die östlich von Kolumbien und Panama liegt, bestimmt paradiesisch schön.

Bei meiner Umzugstour hilft mir der von der Schule geflogene Trompeter John mit seinem geräumigen Auto, denn Matratzen und Bettzeug durch die Gegend zu tragen erscheint wirklich etwas pervers, und der Transport des schweren, flachen Eichentischs, den ich von Peter eine Woche vor dem Umzug geschenkt bekommen habe, wäre ohne Auto unmöglich gewesen. Die aus zwei Zimmern, Küche, Bad und WC bestehende Wohnung liegt im ersten Stockwerk und ist echt der Wahnsinn, wahrscheinlich eine von den besten überhaupt in Groningen. Ein Zimmer klein, nach hinten raus, eins groß, mit Blick auf die breite, von gewaltigen Kastanien gesäumte und verkehrsberuhigte Atjehstraat. Die Küche ist eine echte Küche mit vier Herdplatten, Ofen und allem, was dazugehört. Das große Bad ist bis fast unter die Decke gefliest, die Toilette ist gleich neben der stabilen Eingangstür.

Betonwände, was für ein Luxus! Schallisoliert ist nur das große Zimmer, in dem ich mein Reich nach und nach installieren werde. Das kleine Zimmer vermiete ich an einen Drummer namens Jörg aus Bremen, der noch gut ein Jahr hier studiert und mir sein altes Bettgestell aus robustem Metall zum Einstand geschenkt hat. Jeder von uns beiden bezahlt nur läppische einhundertneunzig Gulden Warmmiete. Vermieter ist die stolze Stadt Groningen, die sich solche angemessenen und gerechten Mietpreise wohl erlauben kann. Das Geld sitzt jetzt noch lockerer in der Tasche und verleitet mich dazu, die doppelte Menge Witt zu kaufen. Fünfzig Gulden kostet ein halbes Gramm Witt, ein ganzes Gramm Heroin auch. Das sind knapp fünfzig D-Mark. Heroin, voll günstig, das hätte ich nie gedacht.

Die neue Wohnung lässt mich zum kreativen Raumausstatter werden. Ich baue mir einen supergroßen Schreibtisch aus einem hier gebliebenen Ikea Holzregal, der zum daran Sitzen zwar zu hoch, aber wiederum zum Papierkram Sortieren und Durchsehen bestens geeignet ist und auch noch als Notenständer und Ablage für Kleinkram dient. Das neue Bett baue ich ohne Anleitung zusammen und platziere meinen unruhigen Perserteppich penibel mittig im Zimmer.

Rechts vor dem Fenster steht nun der flache Eichentisch, der nicht zu groß und nicht zu klein ist. Als chillige Sitzgelegenheit schneide ich eine dicke, alte Schaumstoffmatratze längs durch und lege die Teile aufeinander vor die Wand. Darüber ziehe ich eine einfache Wolldecke und fertig. Drei Bilder und ein paar Fotos werden so lange umgehängt, bis ich zufrieden bin.

Auf einem Werbebild aus irgendeinem holländischen Boulevardmagazin steht eine gigantisch erotische Frau mit glatten, langen und dunkelblonden Haaren in Businesskostüm vom Feinsten und geilen hohen Schuhen vor einem Pissoir.

Es sieht aus, als ob sie pinkelt, obwohl das in ihrer geraden Haltung als Frau so nicht geht. Ihre Hose sitzt zum Wegschmelzen geil, der Stoff liegt wie feinste Seide über dem super Arsch, die Beine sind leicht gespreizt.

Etwas neben ihr pinkelt ein genauso gut gekleideter Superbusinessmann. Beide sind genial von schräg hinten aufgenommen. Sie stützt sich mit einer Traumhand elegant an der weiß gefliesten Wand ab und blickt Richtung Kamera. Ihr rechter Arm führt die andere Hand in Richtung Scham. Er schaut auf den Schwanz und beide Hände sind, natürlich auch nicht sichtbar, dort am Werke. Das Foto ist mit kaltem, aber auch irgendwie warmem Blauschimmer farblich bearbeitet. Große Kunst mit Emanzenbotschaft oder einfach nur Klamottenwerbung von Van Laack. Heiß, genial, ein Highlight an der Wand.

Mir reichen als Wichsvorlage ein paar Bilder aus der Kopfbildgalerie oder geile Bilder aus Wäsche- und Bademodekatalogen. Die erste Schallplatte von Whitney Houston zeigt auf der Coverrückseite ein Bild von ihr genau nach meinem Geschmack, blutjung im knappen weißen Badeanzug an einem Traumstrand. Das Cover hatte ich bei einem Freund geklaut, als ich noch zur Schule ging, das heiße Bild dann ausgeschnitten und den Rest weggeworfen. Fiese Sache, aber ich konnte nicht anders.

Ich habe das Bild immer noch. Fast nackt, wie geil.

Auf einer Igedo Dessous-Messe in Düsseldorf, die ich mit Papa besuchte, konnte ich mich kaum noch halten, als supergeile Models die neuesten Wäschekollektionen auf einem der Laufstege präsentierten und sich dabei ansehen ließen, als wäre es das Normalste von der Welt. Die Mädels waren alle vom Feinsten, Körper zum Ausflippen und die Unterwäsche sah auch toll aus, helle Pastellfarben, nicht so knallig, eher sanft.

Das kunstvolle Pissbild hat nun auf jeden Fall seinen Platz in meinem Zimmer in meiner Top-Wohnung gefunden.

Jörg, mein Mitbewohner, hat einen alten, in goldener Farbe überlackierten Mercedes Benz, der im Aussehen einem Rolls Royce gleicht und mit dem er jeden Donnerstag zu seinen Eltern fährt. Wenn ich Bock habe, fahre ich dann für fünf Mark mit bis Bremen und von dort weiter mit der Bahn. Bei wirklich jeder Fahrt nach Deutschland werden wir vom Zoll genauestens kontrolliert, denn so ein alter Mercedes Strich-8ter ist als Dealerkarre immer noch voll in Mode, und dann noch in Gold. Jörg hat mit Drogen absolut gar nichts am Hut, trinkt keinen Alkohol und ist Nichtraucher. Für mich kommt Drogenschmuggel auch nicht in Frage, das ist für meine Nerven zu anstrengend.

Die Zöllner sind sich aber jedesmal sicher, dass sie was finden und wirken bedrohlich entschlossen, uns an den Arsch zu kriegen. Sogar in Zivil haben sie uns einmal hinter der Grenze abgefangen. Mit gezogenen Waffen kamen sie aus ihrem weißen Auto gestürmt und hielten uns in Schach, als wären wir Schwerverbrecher. Es macht einen Riesenspaß, die Zollfreaks beim vergeblichen Suchen zu beobachten, mit dem Wissen, dass nichts zu finden ist. Wer versucht denn bitte schon, mit einem goldenen Benz Drogen zu schmuggeln?

Jörg kommt dienstags nach Groningen, ist dann zwei Nächte nur zum Schlafen da und haut donnerstags wieder ab. So habe ich die Wohnung überwiegend für mich alleine und kann in Ruhe meinen geheimen Bedürfnissen nachgehen.

Weil ich meine Koksconnection telefonisch nicht erreichen kann, mache ich mich auf den Weg zu einer anderen Quelle. Buntes Treiben, wirkt wie Frühling, ist aber Herbst. Das Multikulti hier ist echt der Hammer. Die Türken vermisse ich, wegen des schmackhaften Fastfoods mit Kohl und Salat und Chili und Zwiebeln und Joghurtdressing und dazu Ayran. Stattdessen gehe ich manchmal in surinamesischen Restaurants essen.

Ich suche auf der belebten Straße, sehe den Kerlen, die mir entgegenkommen, prüfend in die Augen. Alle Typen mit etwas dunklerer Hautfarbe kommen als Dealer in Frage. Es dauert nicht lange, bis sich Blicke treffen. Zwei junge, hübsche und sportliche Profidealer.

»Heb je Witt? «, »Ja«, »50«, »Ok«. Der Stoff wechselt routiniert den Besitzer und dann bekomme ich noch eine Telefonnummer zugesteckt. In Zukunft einfach da anrufen und zehn Minuten später wird die Droge ins Haus geliefert, wie praktisch. Der Deal ist gelaufen und ich gehe nach Hause, um das Witt zu checken. Der Stoff ballert gut und schmeckt sehr sauber. Ich kann nicht anders, als das Frauenkino im Kopf zu starten und genüsslich zu Wichsen, bis sich die geile Droge dazwischen drängelt: »Du brauchst mich jetzt« und den Frauen die Show klaut. Die nächste Pfeife wird geraucht, und dann wird sofort nach dem Ausatmen weiter gewichst. Wenn der Drogenkick nachlässt, nach geschätzten zehn Minuten, wieder eine Pfeife Witt, und schnell weiter wichsen. So geht das ein paar Stunden lang, bis das Zeug fast alle ist, und die letzte Pfeife den Orgasmus begleiten soll und ja auch muss, sonst war alles für den Arsch. Die letzte Pfeife wird geraucht und dann wird heftig gewichst. Die geilen Frauenbilder wechseln sich schnell mit dem Gedanken ab, dass die Droge zu Ende geht, und ich verfalle in einen panischen Zustand. Ich verrenke mich auf dem Weg zum Orgasmus und gebe alles, damit das Sperma endlich kommt. Alle Muskeln sind angespannt und ich bekomme fast einen Krampf in der Wichshand. Schneller, fester, komm komm komm. Und dann kommt es herausgeschossen, bis in mein Gesicht, die Körperspannung fällt komplett ab, das Gehirn verfällt in einen depressiven Zustand, alle Frauen sind weg, weiße Bröckchen rufen nach mir, es dauert lange, bis ich einschlafe.

Was ich da eigentlich konsumiere, weiß ich gar nicht genau. Bei dem Ex-Dealer um die Ecke habe ich mal gesehen, wie die Droge hergestellt wird. Man gibt normales Kokain in eine Suppenkelle, in diesem Fall war es eine beachtlich große, ertränkt das begehrte Nasenpulver oder die Brocken in einer Ammoniaklösung, kocht das ganze mit einem Bunsenbrenner solange, bis das Koks sich gänzlich aufgelöst und sich in ein an der Oberfläche schwimmendes, leicht gelbliches Fettauge verwandelt hat. Bunsenbrenner nun ausmachen. Dann dauert es nicht lange, bis das Fettauge sich zu einem fast weißen Klumpen erhärtet und der Flüssigkeit entnommen werden kann. Das Ding sieht aus wie ein zu großer halber Baseball mit einem geschätzten Gewicht von zweihundertfünfzig Gramm. Nun wird dem Teil die restliche Feuchtigkeit mit reichlich Küchenpapier entzogen und das Witt ist fertig, fertig zum Portionieren und Verpacken. Der Koksball wird geteilt, gehackt und zu grobem Pulver mit Bröckchen zerkleinert. Der schöne Runde Holztisch, an dem die beiden Jungs sitzen, wird mit kleinen, quadratisch zugeschnittenen kleinen Plastikfolien ausgelegt und jeweils eine Messerspitze, circa ein viertel Gramm der Droge darauf platziert, bevor mit gekonnten Handschlägen ein kleines, rundes fünfundzwanzig Gulden Bolletje gedreht und mit einem Miniknoten verschlossen wird. Der Rest der Folie wird durch Hitze mit einem Feuerzeug abgetrennt. Bei dem ganzen Prozedere ist der kleine Knoten, wie ich finde, der schwierigste Teil der

Arbeit. Ammoniak gibt es in jeder holländischen Drogerie. Bei der Herstellung einer geringen Menge Witt wird ein Esslöffel statt einer Suppenkelle und ein Feuerzeug anstelle des Bunsenbrenners verwendet.

Ist Witt Crack? Crack wird doch mit Kokain und Backpulver im Ofen hergestellt und soll ein Dreckszeug aus Amiland sein, was extrem süchtig, verrückt und hässlich macht. So wird es auf jeden Fall gerne in den Medien kommuniziert.

Meistens zeigen die dann so total zerfressene Gestalten, halbe Leichen mit kaputten Zähnen, die vor sich hin vegetieren und nur den Gedanken haben, die nächste Pfeifenfüllung zu organisieren. Das Witt hier ist doch eine saubere Sache, wenn es nicht irgendwie gestreckt wurde, was sofort beim Konsum am Geschmack festzustellen ist und es macht auch nicht extrem süchtig, oder doch? Nein, ich komme damit klar, kann lange Pausen machen, ich bin nicht süchtig. Trotzdem, rauche ich da nun Crack oder was? Ich könnte ja mal jemanden im Coffeeshop, Peter aus der ehemaligen WG oder bei einer Drogenberatung fragen, was das mit dem Witt auf sich hat, aber ich tue es nicht, komisch. Wenn das Witt gleichzusetzen mit Crack sein sollte, sind die Informationen aus der Glotze, die ich gesehen habe, offenbar falsch. Das ist nur billiger Abschreck-Journalismus.

31. Januar 97

Meine liebe Oma mütterlicherseits ist am achtzehnten Januar in der wunderbar alten Stadt Schwäbisch Hall gestorben. Letztes Jahr in den Sommerferien habe ich sie alleine, dort in dem Altersheim, wo sie lieb auf den Tod wartete, besucht. Sie war so süß und schön wie auf einem alten Jugendfoto, ein Gemälde von einer Frau, aber zu dem Zeitpunkt völlig durcheinander im Kopf. Ich konnte mich nicht mit ihr verständigen, aber ihre Augen und ihr Gesicht waren überglücklich über meinen Besuch. Hier lebt sie nun also in einem großen und gemütlichen Einzelzimmer. Alleine saß sie an einem Tisch, schaute aus dem Fenster und weil sie ihre Haare wie fast immer in einem Dutt versteckte, konnte ich ihre wunderbaren Ohren, die ich als Kind als einziger anfassen durfte, gut sehen. Als ich ihr das erste Mal an die Ohren ging, saß ich auf ihrem Schoß. Sie hat sich geziert, aber ich durfte weiter fummeln und gucken, bis ich satt war von dem faszinierenden Gebilde. So direkter Körperkontakt war für sie doch recht ungewöhnlich und neu. Der Ausblick aus ihrem Zimmerfenster zeigte ein märchenhaftes Tal mit Wiesen, kleinen Wäldern und einer Landstraße, die sich wie ein Regenwurm in den Ort schlängelte. Ich sah mir das alles genau an, weil ich mir sicher war, dass meiner Oma nichts anderes übrig blieb, als sich die Landschaft hier durch das Fenster anzusehen und sie wahrscheinlich schon jeden Baum und jeden Winkel genauestens kannte. Hier ist Oma zwar einsam, aber doch in einem guten und sicheren Nest mit tollem Ausblick untergebracht –

das stimmte mich zufrieden. In ihrem Rollstuhl schob ich sie noch ein wenig auf Schotterwegen durch den Garten des Anwesens und brachte sie nach einer halben Stunde, denn ich wollte meinen Zug nicht verpassen, zurück auf ihr Zimmer und verabschiedete mich mit einer innigen, aber vorsichtigen Umarmung und einem zarten Kuss auf ihre Wange.

Dies war der Abschied von Oma.

März 97

Mum hat mich angerufen und gesagt, dass es nun wirklich schlecht aussieht mit Papas Krebssache. Morgen fährt sie, obwohl Papa es nicht will, nach Berlin ins Krankenhaus, um bei ihm zu sein, falls es ernst wird.

Einen Tag später, es ist Donnerstag, ruf ich Mum, bevor sie aufbricht, nochmal aus dem Hochschulcafé an und sie berichtet mir von dem heutigen Telefonat mit Papa.

Anhand ihrer Stimme, ihres Tonfalls und was weiß ich spüre ich, dass es fünf vor zwölf ist und beschließe, mich noch am gleichen Tag Richtung Berlin auf den Weg zu machen, alles andere ist jetzt egal. Donnerstag passt, dann kann ich mit Jörg bis Bremen fahren, den Rest mit der Bahn und am nächsten Morgen mit Papas Auto nach Berlin.

Am Abend melde ich mich bei Maxl, der inzwischen in Berlin lebt und frage, ob er ein Nachtquartier für mich hat. Ich kann bei ihm schlafen und abhängen, wie ich will und so lange ich will. Das ist doch klar wie Kloßbrühe, sagt er wie selbstverständlich.

Freitagmorgen, ein optisch sonniger Tag. Das Bad meiner Eltern, die teuerste Investition in diesem Haus. Luigi Colanis Erfindungen sind bahnbrechend praktisch und wirklich genauestens durchdacht. Waschbecken, Toilette und Duschwanne haben ergonomische Formen. Alles ist abgerundet und sieht geil aus. Die besonders tiefe Duschwanne hat einen integrierten Hocker mit Vertiefung für Schwanz und Eier, genial. Die Klobrille ist der Arschform penibel angepasst und das komplette Gebilde wirkt, als wolle es gleich eine Bobbahn heruntergleiten. Das Waschbecken ist so gebaut, dass das Wasser von den Ellenbogen nicht auf den Boden tropfen kann. All diese schönen Dinge können meine angespannte und schon trauernde Stimmung bei der morgendlichen Körperhygiene leider nicht erhellen, denn Papa muss gehen, obwohl er nicht will, ich spüre das.

Meine Bordcomputersteuerung hat sich verselbstständigt, wie damals, als Stefan auf dem Bahnwaggon zu Tode kam.

Ich packe nur das Wichtigste ein, kontrolliere Türen und Fenster im Haus und mache mich mit Papas kleinem, aber sportlichem BMW zielstrebig auf die Socken.

Mum soll da nicht alleine hängen, wenn er stirbt, die ist von Omas Tod noch total fertig und neben der Spur. Sie braucht Hilfe, wenn ihr Mann sie alleine lässt.

Früher spielten Papa und Mum einmal ausgiebig Fangen, sonntagmorgens im Schlafzimmer, ich denke vor dem Sex.

Sie liefen und sprangen so oft über ihr Bett, bis es zusammenbrach. Stolz berichteten sie meiner Schwester und mir damals davon, als wir von den netten Nachbarn, die zwei Stockwerke unter uns wohnten, vom Spielen kamen und zeigten uns das Desaster. Das Bett wurde danach am Fußende in der Mitte von zwei weißen Luftlochziegelsteinen gehalten, was sich bis heute nicht geändert hat.

Die Strecke nach Berlin bin ich inzwischen oft gefahren. Sie ist mir vertraut und lässt meinem Hirn Platz für Gedanken und Erinnerungen.

Er stirbt, endlich, er gibt uns Frieden und Freiheit, alles wird besser. Was ist mit Mum? Kann sie den Verlust verarbeiten oder trauert sie sich verrückt und dreht durch? Wo ist meine Schwester? Wie werde ich reagieren?

Muss ich heulen, endlich mal heulen, ich sehne mich nach Heulen, wann hab ich das letzte Mal geheult? Ich weiß es nicht, ich kann es, glaube ich, nicht mehr. Heulen ist doch ein wichtiges Ventil. Lachen, lauthals lachen, ist doch so ähnlich wie heulen. Der Körper will damit aufhören, weil er es nicht gewohnt ist, ihm ist es unangenehm. Gleichzeitig freut er sich aber, er ist in einem seltenen Ausnahmezustand, keine Kontrolle, das ist schön und befreiend. Ich würde mich freuen und wäre dankbar, wenn ich mal wieder so richtig eimerweise heulen könnte. Der nächste Parkplatz ist meiner. Hier war ich mit Papa auch schon und es war viel Liebe dabei. Wir müssten noch reden, unsere Herzen ausschütten. Ein richtiger Mann weint nicht! Hoffentlich finde ich die Wohnung von Maxl in Berlin. Falls er weg ist, liegt der Wohnungsschlüssel unter den Schuhen neben der Türe. Deli, der klasse Gitarrist und Texter, wohnt auch in Berlin. Er hat noch bis vor kurzem bei Maxl gewohnt. Wäre schön, ihn auch mal wiederzusehen, vielleicht klappt es ja. Ich pinkel schnell noch ins Grüne, sehe mir dabei die Bäume an und höre den Vögeln beim Zwitschern zu. Das gibt Kraft und Energie für die Fahrt auf der öden Autobahn. Vor kurzem war hier noch die Ostzone, die DDR und jetzt darf man überall hin, ohne gleich erschossen zu werden.

Mit Opa und Oma väterlicherseits waren meine Schwester, mein Cousin und ich früher in den Schulferien ab und zu in Braunlage im Hotel Maritim am Wurmberg, ein riesengroßer Halbluxusklotz mit vielen Stockwerken, richtig großem Schwimmbad drinnen und draußen und dem interessanten Schuhputzapparat, von dem ich damals fasziniert war, aber erstmal nicht wusste, was das Ding für einen Zweck hat.

Mit Opa und Oma waren wir auch auf dem Gipfel des Wurmbergs, von dem aus der Brocken, der höchste Berg im Harz, in der Ostzone zu sehen ist und vor dem genau die bedrohliche Grenze zwischen Deutschland und Deutschland verlief, ein endlos langer und durch DDR Grenzsoldaten gesicherter Zaun. Auf einem Waldweg konnte man, wenige Meter entfernt, so schwarz-rot-goldene Grenzpfosten im Gestrüpp erkennen. Mein Opa sagte, dass man ohne Vorwarnung sofort erschossen wird, wenn man an diesen Grenzpfosten Richtung Osten vorbeigeht. Das sind abgefahrene Kindheitseindrücke! Als ich Papa mit seinem Freund das erste Mal nach Berlin gefahren habe, war Deutschland noch geteilt und mit wahnwitzigen Atomraketen gesichert, jetzt ist alles anders. Es ist wie immer wenig Verkehr auf der Autobahn zwischen Hamburg und Berlin. Wenn Papa wirklich stirbt, finde ich bestimmt noch einen Rest von seinem Haschisch in seinen Hinterlassenschaften und kann es als Beruhigungsdroge einsetzen, und Maxl hat ja immer Codein am Start. Das kann ich ja auch mal testen. Maxl ist süchtig danach und besorgt sich das Zeug über Rezepte von Junkies, die Codein als Ersatz für Heroin von Ärzten verschrieben bekommen oder er klaut es aus dem Krankenhaus, in dem er als Pfleger arbeitet. Die Strecke zwischen Hamburg und Berlin ist echt schön, immer geradeaus durch die Landschaft, ohne Autobahnkreuze und ohne hässliche Industrieansiedlungen, die einem zeigen, wie auf die Umwelt geschissen wird. Irgendwie fühl ich mich stark, Routine. Ich muss stark sein und die Fäden in der Hand behalten, um nicht in der Scheiße zu versinken und nicht mehr helfen zu können.

Meine geilste Freundin ist an Heroin draufgegangen. Mein Kumpel Stefan ist vor meinen Augen im Feuerball gestorben, die andere Exfreundin am gleichen Tag in ihrer Kotze erstickt, und in allen drei Fällen habe ich die Weichen dafür ein wenig mit gestellt.

Es gibt sogar noch jemanden, dem es jetzt richtig schlecht geht und damit habe ich auch zu tun. Das Mädchen war unzufrieden mit der Wirkung vom Hasch, sie hat nichts gemerkt bei den ersten Versuchen, keine Veränderung und dann habe ich ihr vorgeschlagen, mal mit mir zu kiffen, dann klappte es bestimmt mit der Wirkung, und so war es auch. Leider hat sie durch ihr Gekiffe dann einen Dealer kennengelernt, mit dem sie eine Beziehung einging und anfing zu koksen.

Sie hat für ihn dann sogar als Nutte gearbeitet, bis das Koks ihre Venen verstopft hat und ihr rechtes Bein komplett amputiert wurde. Was für eine Scheiße.

In dem Rudolf Virchow Klinikum bin ich noch nie gewesen, ich hatte Papa nur dort hingefahren oder abgeholt und bin gleich wieder weg. Ich weiß nur, dass es ein Riesending ist, sich auf einem Gelände im Stadtteil Wedding befindet, mindestens so groß ist wie acht Fußballplätze und eng mit dem Klinikum Charlottenburg zusammenarbeitet. Papas Mutter hieß auch Charlotte, da muss ich immer an Bienenstich, diesen süßen klebrigen Kuchen denken, den sie so gerne gegessen hat. Charlotte und Bienenstich würde in meinem Duden als dasselbe Wort beschrieben werden. Nach der nächsten Pinkelpause macht sich die große Stadt mit ihren ersten vorsichtigen Gebäuden bemerkbar und bald ist alles zugebaut. Ich fahre immer geradeaus in das Herz Berlins und dann Richtung Kreuzberg, wo Maxl wohnt. Der Stadtplan ist grob in meinem Kopf kopiert, ein paar Straßennamen plus links und rechts auf einem Zettel notiert und ich hoffe, dass ich da ankomme, wo ich hin will. Mein Teeniezimmer war komplett mit Landkarten meines Vaters tapeziert, was den Umgang mit Karten und den Orientierungssinn geschult hat. Neben meinem Bett im Oberkörperbereich waren Kara Deniz, das Schwarze Meer und der nördliche Teil der Türkei. In

Kreuzberg sollen ja viele Türken wohnen, das passt. Darüber die USA mit den Staaten Arizona, Mexico, Oklahoma, Arkansas, Texas und der heißen Grenze nach Mexico, wo auch die Stadt El Paso direkt am Zaun liegt. Wenn ich mal durch äußere Einflüsse sterben sollte, dann bitte erschossen werden in El Paso. Der Zielstraßennamen ist geortet, rechts rein und die Hausnummer einundzwanzig suchen. Bumms ich bin da und Maxl auch. Er freut sich, mich zu sehen und hat schon eine Karte des Berliner U-und S-Bahn Netzes, auf dem die Klinik in Wedding und der Standort von hier markiert ist, vorbereitet. Na dann mach ich mich mal auf den Weg. Der Eingang zum Klinikareal führt durch einen riesigen Torbogen in einen Riesen-Hof, der wie ein Park gestaltet ist. Hier irgendwo rechts runter soll der Bau drei sein und ich glaube, da ist er schon, ja das ist er. Ohne zu fragen finde ich die Onkologie, Papas Station. Mum kommt mir auf dem Flur angeschlagen entgegen und erzählt hilfesuchend, wie beschissen es Papa geht. Ich will ihn sehen und gehe mit Mum in sein Zimmer, das letzte rechts auf dem breiten und langen Flur mit der Nummer 241. Da liegt er, der Sportsmann, der Macher. Speedy Gonzales wurde er eine Zeit lang genannt, weil er so viele Baustellen hatte, auf denen er flink arbeitete und beim Sport einer der Schnellsten war. Da liegt er, vollgepumpt mit Schmerzmitteln und kann nichts mehr tun. Er ist am Ende, kraftlos und hoffnungslos. Er hat sich aufgegeben, er kann nicht mehr. Leicht grünlich ist seine Haut und er hat eine kleine dunkel olivgrüne Strickmütze auf dem kahlen Kopf, niedlich. Bis auf die Hautfarbe sieht er eigentlich ganz gut aus, er ist ja auch erst sechzig Jahre alt.

Ich bitte Mum, den Raum zu verlassen, will mit Papa allein sein. Angestrengt sagt er mir, als wir alleine sind, dass ich weiter machen soll mit der Musik, als wenn er wüsste, dass es ein besserer Weg ist als der, den er sich mal für mich vorgestellt hat. Es ist neu für mich, sowas von ihm zu hören und ich bin sehr dankbar dafür, was ich ihm gegenüber in dem Moment aber nicht zeigen kann. Wir reden kurz darüber, wie es weitergehen kann ohne ihn. Das geht bei mir hier rein, da raus, ich sehe ihn mir lieber genau an. Seine wohlgeformten, drahtigen und kräftigen Hände, mit denen er so viel gearbeitet hat und die unzählige kleine Wunden verdampfen ließen, als wären sie nie dagewesen. Irgendeinen krustigen Kratzer oder eine Schürfwunde an den Gelenken hatte er immer, jetzt nicht mehr. Immer noch das charmant nette Terence Hill-Cowboygesicht, welches Frauenknie weichwerden lassen kann, jetzt allerdings eingefallen und blassgrün. Die Füße schauen unter der Bettdecke hervor und erzählen stolz Geschichten von Leichtathletikwettkämpfen, von Speedy Gonzales-Sprints und Hürdenläufen, von endlosen Wanderungen und Absprüngen an den Wasserkanten und von der Belastung als sicheres Fortbewegungsmittel beim Schaffen. Mum kommt ins Zimmer und ist echt ziemlich alle, der Seelenschmerz erdrückt sie fast. Ich beruhige sie etwas, will dann aber gehen und tue es auch. Mum bleibt hilflos zurück, sie wird die Nacht bei Papa verbringen und um sein Leben bangen. Samstag, um sechs Uhr morgens wache ich in Maxls Bett auf, er schläft auf dem Sofa in einer Haltung, bei der mein Rücken rebellieren würde. Er schläft eigentlich immer krumm und schief, wenn ich ihn dabei mal sehe, oft fast im Sitzen, sieht ungesund aus. Ich gehe in die Küche, drehe mir eine Kippe, setze Kaffeewasser auf. Es ist fünf nach sechs und ich spüre, ich bekomme die Information, wahrscheinlich von Gott, dass Papa genau jetzt gestorben ist, Ende, aus und vorbei. Mum ruft an, Papa ist gerade gestorben.

Maxl schleicht in die Küche und ich sage ihm, wie es ist, und dass ich sofort ins Krankenhaus fahren muss. Tot liegt sein Körper da, der Raum hier beschützt ihn noch warm und ruhig, er selbst ist weg, im Paradies, schwebt in der Natur bei Insekten, Vögeln und über Gewässern in weiter Landschaft oder durchs sumpfige Moor. Um fünf nach sechs ist er gestorben, Mum hat seinen letzten Atemzug gehört.

Meine Tränen suchen den Weg ins Freie und können ihn nicht finden. Ich kann nicht heulen, bin nur kurz davor, scheiße, verstehe ich nicht, dachte, nun kommt es mal raus und erleichtert den Abschied, aber nichts, nur ein leichter Heulansatz. Ein Arzt bittet uns den Raum zu verlassen, es ist Zeit für den Abtransport in die Pathologie. Dort soll zu Forschungszwecken noch an ihm rumgefummelt werden. Ich fasse zum Abschied seine Hände und Füße an. Es folgen Telefonate mit der Familie und guten Freunden, bis endlich um zwölf Uhr alle informiert sind.

Papa will irgendwo in Berlin beerdigt werden, also suchen Mum und ich ein Beerdigungsinstitut in der Nähe und danach einen passenden Friedhof, um Montag alles klären zu können. Der kleine Friedhof, auf dem Vögel ihre lebhaften Lieder zwitschern, liegt mitten in Berlin Wedding, mitten in der Großstadt und strahlt trotzdem natürliche Ruhe und Geborgenheit im Grünen aus. Er ist schön, der soll es sein. Keine Ahnung, wie der Tag sonst noch abläuft, es läuft abends bei Maxl Codein auf ein Teelöffel, zwanzig Tropfen haue ich mir in den Rachen. Die eventuellen brutalen Folgen sind mir bewusst, das Zeug kann süchtig machen, aber ich will mal wissen, warum der das nimmt und was daran so toll sein soll.

Erst am Sonntagmorgen, als ich aus der U-Bahn steige und in Wedding an einer großen Kreuzung vor dem irre großen Krankenhauskomplex stehe, spüre ich die Nachwirkung oder überhaupt die Wirkung des Codeins. Ich habe ja gut geschlafen und davor nichts gemerkt, aber jetzt fühle ich mich so richtig beschissen, so komisch schlapp, leer und doch schwer wie ein altes und spackiges Kopfkissen, zum Kotzen. Eine

Scheißdroge, Bewertung sechs minus, durchgefallen, nie wieder.

Mum hat ein Zimmer im Schwesternwohnheim und von dem Fenster des Zimmers sieht man direkt auf die Pathologie, da ist Papas Körper mit vielen anderen Leichen gut gekühlt und sicher wie in einem Tresor gelagert. Meine Schwester wollte es ja nicht wahrhaben, dass Papa stirbt. Sie konnte nicht glauben, dass dieser starke Papa sterben kann und darum war sie auch nicht dabei, als es passierte. Das ist so eine Art Selbstschutz gewesen, denke ich. Mittags kommt sie hierher und wir sind alle drei völlig fertig und geschockt, und dann auch noch dieses tote Zimmer, lieblos gestaltet und kahl wie im Knast. Wir werden die nächste Nacht alle dort schlafen. Mum im Bett, meine Schwester und ich auf Isomatten auf dem Fußboden. Beim Durchsehen von Papas Sachen finde ich tatsächlich noch ein kleines Stück Haschisch, seine Purpfeife plus Reiseaschenbecher ohne Inhalt. Montagmorgen gehen wir zum Beerdigungsinstitut und werden so unfreundlich bedient, wie in einem deutschen Supermarkt am Käsetresen. Das ist echt der Hammer, dieser Kerl da zeigt kein Mitgefühl, besonders für Mum und Schwesterchen ist das hart.

Ich versuche so gut es geht, sachlich zu bleiben und mich nicht aufzuregen. Mum und meiner zarten Schwester fällt das Entsetzen förmlich aus den Gesichtern. Aber Augen zu und durch, wir wollen das hinter uns bringen. Endlich ist alles geregelt, Verbrennen, Urne, Friedhof, anonymes Grab – nur der Termin der Bestattung bleibt offen, weil Papa ja noch wissenschaftlich durchforstet wird.

32. Sex

Inzwischen habe ich mir einen Fernseher und einen Videorekorder zugelegt, um auf Witt Pornos zu gucken und zu wichsen. Den Fernseher habe ich bei einem Kumpel per Tauschgeschäft gegen meine Faller Autorennbahn erstanden, den Videorekorder in Groningen gekauft. Die nächste Videothek, in der ich mir die perversen und meist frauenverachtenden Machopornos ausleihe, ist nicht weit weg von meiner geilen Wohnung. Die Frauen sind nur zum Ficken, Blasen und Sperma schlucken oder sich damit vollspritzen lassen auf der Welt, reine Sexobjekte. Am Tollsten find ich, wenn sie die Mösen ganz weit aufreißen und man ein großes, fast schwarzes Loch sieht, in die Scheide richtig hinein gucken kann, was meistens leider nur sehr kurz passiert. Bei einem zierlichen Modell namens Alex hat ein Mann beide Hände tief in ihrer Scheide platziert. Wahnsinn, die kleine süße Alex mit einer unglaublich geweiteten Fotze. Zurückspulen, nochmal gucken, Standbild im richtigen Moment drücken und dann alles nochmal, bis ich satt bin und zur nächsten geilen Szene wichse, in der Alex sich ihre Faust in die wunderschön geformte Möse steckt und ein paarmal hin und her bewegt.

Die Frauen, die ich bisher hatte, hätten solche harten Sexmethoden bestimmt nicht zugelassen, und von selbst bin ich auf solch herbe Ideen auch gar nicht gekommen.

Keine Ahnung, wie groß der Zeitabstand zwischen dem Zurückspulen ist, aber nach zwei, drei Szenen muss ich meine Geilheit mit einer kleinen Ladung Witt durch die Pfeife wieder befeuern und dann geht es weiter, bis das Witt fast aufgebraucht ist. Nur noch eine Pfeife, dann ist der Stoff alle. Jetzt muss ich zum Orgasmus kommen, sonst war alles umsonst. Ich rubbel fester, schneller und härter, los, los, los komm schon, komm, wichs, wichs, wichs, wichs, wichs, es ist eine Qual, ich muss jetzt kommen, weitermachen, schneller, die Bilder im TV verfolgen, nochmal repeat, nochmal die geile Szene, ich wünsche mir mehr von der Droge.

Und dann komme ich endlich und spritz auf mein Wichs-T-Shirt, in dem schon unzählig viele Samenzellen vertrocknet sind. Wenn das T-Shirt ekelig wird, wandert es in den Müll oder wird gewaschen, wobei das Wasser dann leicht schleimig wird. Maximal befördert ein Schuss gesundes Sperma, das hat meine Urologin gesagt, bis zu einhundertzwanzigmillionen Spermien pro Milliliter ans Licht, das ist doch irre.

Baywatch Filmchen mit den Bikini und Badeanzug Traummodels machen mich auch ganz wild, mal abgesehen von Pam, die ja echt scheiße kommt mit ihren XL-Plastiktitten, aber sie hat einen schönen Arsch. Auf irgendeinem Holland TV-Programm kommt das jeden Nachmittag und wenn's passt, was eher selten passiert, weil ich wegen dem Kram nicht alles andere stehen und liegen lasse, nehme ich den Pornoverkaufsbooster Baywatch auf. MTV Clips sind teilweise geil, da wechseln die Szenen aber zu schnell.

Fünfzig Gulden Bolletjes sind Vergangenheit. Ich kaufe nun ein Gramm Bolletjes für nur hundert Gulden, ich bin süchtig. In Deutschland kostet ein Gramm Koks fast das doppelte, ist doppelt soviel oder noch mehr gestreckt. Das Gramm ist meist kein Gramm und nachdem es zu Witt aufbereitet wird, bleibt kaum noch was übrig. Ein echtes Gramm feinstes nederlandse Witt reicht bis zu zwölf Stunden Wichsen in meinem Fall. Kaum zu glauben, mein Pimmel macht das mit. Alkaloide, egal ob vom Kaffee, der Schokolade, Koks oder Cannabis, erreichen bei mir schon in kleinsten Dosen eine gute und lange Wirkung. Der Absturz, auch Crash genannt, nach solch einer Wichs- und Rauchorgie ist fatal. Depressionen, Gier nach mehr Stoff, ein schlechtes Gewissen, absolute Leere und Suizidgedanken, weil die Situation so arm und pervers ist. Ich will dann einschlafen, weg, raus, kann aber nicht, weil der Körper und der Kopf hellwach sind vom Kokszeug. Es dauert ein bis zwei Stunden, dieses Gequäle, und dann schlafe ich wie betäubt und ohne Träume, bis ich irgendwann aufwache und total scheiße drauf bin, alles ist egal. Kurse an der Hochschule, fuck off, kein Bock, Telefon klingelt, nee fickt Euch, lasst mich in Ruhe. Ich sehne mich nach Koks und Wichsen, nach dem nächsten Kick, nach dem unbeschreiblichen Geschmack und der göttlichen Wirkung des Rauches. Ab achtzehn Uhr kann ich wieder was kaufen, bis dahin versuch ich weiter zu schlafen. Meistens bin ich dann doch ab fünfzehn Uhr auf den Beinen und besorg was zu Essen, wenn nichts mehr da ist. Weißbrot, billigen Gouda Käse und Mayonnaise, das ist alles. Rumdrömeln, schlechtes Gewissen, Depressionen, Sucht, warten bis achtzehn Uhr und dann geht's wieder los. Rauchen, wichsen, rauchen, wichsen. Gibt der Geldautomat nichts mehr her, beginnt eine lange depressive Phase des Wartens, ohne Witt, auf die nächste Überweisung aus Deutschland und wenn ich zwischendurch irgendwie an mehr als fünfundzwanzig Gulden komme, wird die Kohle schnell in die Droge umgesetzt. Sind endlich wieder tausend frische Güldchen auf dem Konto, kaufe ich mit der Kohle meistens täglich ein Gramm Witt. Ich kaufe jetzt auch in Dealerwohnungen, da kann man den Stoff begutachten und die Mengen sind noch korrekter, weil die Jungs die gewünschte Portion direkt vor meinen Augen abwiegen. Also abends kaufen, so zwischen sechs und neun Uhr, dann schnell heimfahren mit dem Radel und Pfeife rauchen, loswichsen, eventuell Videos wegbringen und neue ausleihen, rauchen und wichsen bis es hell wird, aufgedreht rumliegen bis ich schlafen kann, deprimäßig auf achtzehn Uhr warten. Manchmal wird's auch später, wenn ich noch in der Hochschule war und dann geht die Prozedur von vorne los. Wie gesagt, ein Gramm Witt reicht bis zu zwölf Stunden, das macht im Schnitt circa einhundertzwanzig Stunden auf Hardcorepornos wichsen inklusive Rauchpausen in zehn Tagen, Wahnsinn. Ist irgendwo eine längere Alkoholparty oder morgens ein wirklich sehr wichtiger Schultermin, sind natürlich ab und zu auch Pausiertage dazwischen. Die Öffnungszeiten bei Homedealern, so nenne ich die Leute, die aus einer Wohnung verkaufen, sind von achtzehn bis sechs Uhr. Meistens ist die Wohnung von einem Süchtigen für den Dealzweck zur Verfügung gestellt, der dafür als Miete wahrscheinlich eine bestimmte Menge Witt oder Heroin bekommt. Ja, die verkaufen Witt und Heroin. Heroin, auch Bruin genannt, kostet läppische fünfzig Gulden das Gramm, also fünfzig Mark. Macht ein Dealer seinen Laden wegen Bullengefahr dicht, gibt es immer gleich eine neue Geschäftsadresse auf einem kleinen Papierschnipsel, der, nachdem die Adresse im Hirn gespeichert ist, vernichtet wird.

33. Mai 97

Lange hat es gedauert, der Bestattungstermin von Papa ist am siebten Mai, genau einen Tag nach meinem dreißigsten Geburtstag. Mum, Maxl, Deli, Papas guter Freund, der mein Patenonkel ist, seine Exfrau mit Tochter und ich treffen uns zu der abstrakten Veranstaltung. Meine Schwester ist nicht dabei, ist wohl zu heftig für sie. Der Friedhof ist echt wunderschön und besänftigt mit Hilfe des schönen Frühlingswetters, frischem Grün, Vögeln und zarten Blüten unsere Trauerstimmung. Die Urne wird an dem vorbestimmten Ort von dem Bestatter in die Erde gelassen und ich spüre, Papa sieht uns, er ist nicht in der Urne, war da nie drinnen, er fliegt unsichtbar mit den Vögeln umher, er kann jetzt überall hin und dabei sein, sich die Wahrheiten und Schönheiten der Welt angucken. Maxl fotografiert uns Trauernde noch auf dem Friedhof, und danach gehen wir in ein nahegelegenes kleines Café, welches uns vom Bestatter als ruhiges Plätzchen zum reden und ohnmächtig sein vorgeschlagen wurde. Ich bin glücklich über Maxls und Delis Anwesenheit. Beide haben meinen Vater auf bizarre Weise kennengelernt. Maxl bekam eine Ohrfeige mit zwei Fingern, eine Spezialität meines Vaters, weil er zufällig dabei war, als ich bei einem Treffen von Eltern und Schülern zu einer Schnitzeljagd meine Eltern hängen ließ. Im Discokeller der Schule war der Treffpunkt. Alle sollten um sechzehn Uhr dort sein, ich hatte aber Besseres zu tun. Maxl und ich waren mit zwei klasse Mädels beschäftigt, mit denen wir bei einer von ihnen gegessen hatten und nun vor der Schule rumhingen, es war schon fast fünf Uhr. Papa kam dann plötzlich stinksauer aus dem Schulgebäude auf mich zu gestürmt, warf mich zu Boden und ballerte mir ein paar von den Ohrfeigen in die Fresse, dann sah er Maxl und die Mädels, ging zu ihnen, fragte Maxl, ob er auch in meiner Klasse sei, der die Frage mit ja beantwortete und zack, mein Vater gab Maxl eine ordentliche Ohrfeige, kaum zu glauben. Maxl ergriff sofort die Flucht, so hat er meinen Papa kennengelernt.

Bei Deli war das Kennenlernen mit Papa auch ganz lustig. Deli, Maxl und ich hatten einen Auftritt mit unserer Band im Chicos Place, einem Club in der Stadt. Papa war auch da. Wir wollten um neun Uhr mit dem Konzertchen beginnen, taten es aber nicht, warum auch immer, ist ja normal bei Stars. Papa fand das Warten gar nicht witzig und orderte Deli zu sich hin, um sich bei ihm zu beschweren. Dann gab es ein hitziges Wortgefecht zwischen den Zweien. Es sah so aus, als müssten sie sich beide zusammenreißen, um nicht handgreiflich zu werden.

Papa war rhetorisch gut drauf, Deli aber auch und als sie fertig waren, waren sie fast Kumpels.

Maxl und Deli waren nie nachtragend sauer wegen dieser Vorfälle, was mir immer noch nicht so richtig verständlich ist. Hätte Maxl seinen zwei großen Brüdern von der Ohrfeige erzählt, wäre Papa arm dran gewesen und garantiert halbtot geprügelt worden.

Tschüss Papa, mit Dir war ich das erste Mal in Holland, in Amsterdam. Wir waren mit unseren beiden Vespas auf der Durchfahrt Richtung London, wollten zum Live Aid Concert im Juli 1985 und danach England ein wenig erkunden.

Nachdem wir hier und dort die happy City Amsterdam abgecheckt haben, sollte jeder von uns in Ruhe seine eigene Richtung einschlagen, wir trennten uns. Als wir uns am abgemachten Treffpunkt nach zwei Stunden wieder trafen, setzten wir uns in ein lustiges Café und tranken was.

Du hast mir dort ein schwarzes T-Shirt mit einem grünen Marihuanablatt und mit der dezenten pinken Aufschrift »Prix Dami« gekauft, weil ich es so schön fand. Als wir wieder im Getümmel in der City rumliefen, hast du mir gesagt, dass du gerne etwas Hasch gekauft hättest, aber keine Möglichkeit dazu gefunden hast. »Ich auch nicht«, sagte ich. So, nun der Witz an der Sache: Wir saßen da gerade in einem Coffeeshop, einem Haschverkaufsladen, das habe ich ein paar Jahre später festgestellt, als ich mit einem Freund dort war. Papa und ich wussten nichts von dem halblegalen Handel in Coffeeshops, vielleicht war es besser so. In London standen wir auf dem leeren und mit Pappbechern übersäten Eingangsgelände vor dem vollen Wembley Stadion und konnten etwas von der Musik hören, es spielten glaub ich gerade Queen. Wir bekamen keine regulären Eintrittskarten mehr. Ein paar Typen dort verkauften die Karten schwarz, aber die waren viel zu teuer und ich war gar nicht traurig, da nicht reinzukommen, denn dieser riesen Betonkochtopf von Stadion mit massig menschlichem Inhalt wirkte so, als würde er bald von der Hitze des Inhalts überlaufen und in sowas gefangen zu sein mag ich gar nicht. In der U-Bahn sahen wir auf der Rückfahrt von Wembley Plakate mit Werbung für ein Feuerwerk im Hyde Park und beschlossen, da hinzugehen.

Es war Wahnsinn, ein großes Orchester spielte die Feuerwerksmusik von Händel auf einer großen Bühne vor einem See und dazu wurde, nahezu hundert Prozent synchron, eine dreiviertel Stunde lang das Feuerwerk und reichlich Ballerei abgefeuert. So ein geiles Feuerwerk mit Orchester gibt's wahrscheinlich nur einmal im Leben zu sehen.

Als ich noch echt klein war, hast du mir und meiner Schwester in der Küche gezeigt, was ein Furz so kann. Mama war auch dabei. Du nahmst eine Flasche, zogst die Hosen runter und furztest fröhlich in sie hinein. Dann hast du die Flasche mit dem Daumen zugehalten und ein Feuerzeug vor die Öffnung gehalten. Feuerzeug an, Daumen weg und eine Flamme erleuchtete. Klasse Chemiekurs, so bleibt das im Köpfchen! Mit dir war ich auf dieser noblen Dessous-Messe in Düsseldorf und wurde fast verrückt vor Geilheit.

Du hast mich damals aus der Psychiatrie in die Freiheit zurückgebracht. Mit dir war ich in Schweden wandern und durfte diese irre Landschaft und ein einzigartiges Freiheitsgefühl in mir aufsaugen. Du hast mich mitgenommen auf eine Segeltour um die Insel Ibiza mit deinem crazy Captain-Freund. Ibiza, die Fickinsel, Kondome schwimmen im Hafenbecken wie Fische. Nie wieder segeln, das ist langweilig und man kann nicht weg, wenn einem schlecht ist oder man einfach keinen Bock mehr hat. Ich kann mich nicht erinnern, jemals ein Verbot von dir bekommen zu haben. Du hast mich zum Sport geschickt und dafür gesorgt, dass mein Körper stark wird. Wenn es ernsthafte Probleme gab, warst du da und bliebst cool. Sogar Kalli, meine verstorbene größte Liebe, fand dich toll, ich war etwas eifersüchtig deswegen. Du bereitetest den besten gegrillten Hammelbraten zu und hast Schnaps auf Partys heimlich weggekippt, um in Form zu bleiben, wenn die anderen schon lallten. Du hast deiner Familie ein Märchenhaus mit einem Märchengarten hinterlassen. Du hast die aufwendige Renaturierung eines riesigen Moorgebietes in jahrelanger Arbeit geduldig durchgesetzt. Bei dir ging es nicht um Geld und Karriere, sondern um Leben und Natur.

34. Der Countdown läuft

Miete bezahlen war einmal, Strom und Telefonrechnungen bleiben im Briefkasten liegen, bis er voll ist und genervt entleert wird. Alles an Geld wird in Witt umgesetzt, alles wird durch die Pfeife von Papa, die ist größer als das Glasding, in den Blutkreislauf transportiert. Als Sieb dient jetzt eine über den Pfeifenkopf gestülpte Alufolie, die mit leichtem Druck des Zeigefingers, bevor die Ränder gut angedrückt werden, eine konkave Wölbung erhält.

Mit einer Stecknadel werden dann an die zwanzig Löcher in die Folie gestanzt und das Glückskatapult ist fertig. Asche drauf, Witt drauf, rauchen. Beim Dealer komm ich auf die Idee, doch mal ein Grämmchen Heroin mitzunehmen, da sitzt so ein fünfzehnjähriges Mädel in Adidasjacke und verkauft den Stoff, will mal wissen wie das kommt, vielleicht ist es ganz erholsam auf Heroin. Bin ich bekloppt, oder was? Ich bin total durch, wie ein fucking Crackjunkie, dem alles egal ist. Der Kontrabass, den mir mein Patenonkel gesponsort hat, und der E-Bass stehen im Zimmer rum und schauen sich an, wie ich immer mehr in die Scheiße rutsche, mich um den Verstand wichse und jetzt auch noch Heroin rauche, sie helfen mir nicht da raus. Durch Papas Pfeife rauche ich das Heroin auf etwas Tabak und muss nach einigen Rauch- und unterschiedlichen Portionierungsversuchen feststellen, dass das Zeug nicht wirkt. Entweder war die Dosierung völlig falsch, oder der Stoff ist halt Scheiße.

Dennoch will ich wissen, wie Heroin wirkt und kaufe mir ein paar Tage später noch eine Ladung für fünfundzwanzig Gulden und rauch eine ordentliche Portion. Das Zeug schmeckt komisch nach Natur, und dann geht die Reise los.

Du schwebst über endlosem Getreidefeld waagerecht liegend zufrieden, sehr angenehm, schön.
Weg. Weit weg. Ganz raus.
Der Himmel über Dir, zu den Seiten wogt das Getreide.
Wärme.
Zurück.
Du liegst, denkst, weißt, was war.
Du schwebst über endlosem Getreidefeld, flach liegend.
Zufrieden, entspannt, schön.
Weg. Weit weg. Ganz raus.
Der Himmel über Dir, zu den Seiten wogt das Getreide.
Wärme.

Dieser Zustand wiederholt sich in acht Stunden so fünf bis sieben Mal, weg, zurück, weg, zurück und so weiter.

Mein erster Heroinrausch, der auch der letzte sein soll, denn so weg, wie beschrieben, will ich nie mehr sein, das ist ja fast wie tot sein, zwar schön, aber nix für mich. Zumindest weiß ich jetzt, wie Heroin so abgehen kann und ich verstehe, warum einige das so toll finden. Der Unterschied zum Kokszeug ist, dass man den Heroinrausch und die Wirkung viel besser nachvollziehen und beschreiben kann.

Witt muss man nehmen, um wieder zu wissen, wie sich das anfühlt, das ist die Falle. Und übrigens wird das Heroin in Holland meistens geraucht, aus Vorsicht vor fiesen Infektionen, die über die Nadel, einer die Besitzer wechselnden Spritze, entstehen könnten. Vorbildlich!

Scheiße, ich brauche Stoff und mein Konto ist noch leer. Es ist Monatsanfang und alte Frauen gehen dann zur Bank. Die Postbank ist nicht weit, da lege ich mich mal gegenüber auf die Lauer und warte auf eine Geldoma. Es dauert nicht lange, bis das niedliche Opfer mit ihrer Handtasche die Bank verlässt. Omichen ist richtig alt und schmal mit Hut, leicht klapperig, dennoch wirkt sie echt wach, spritzig und zielstrebig, ich mag sie. Sie geht in die entgegengesetzte Richtung zur Innenstadt, ich gehe mit dem Radel dabei hinterher bis zur nächsten Bushaltestelle.

Kacke, die will mit dem Bus fahren, der da gerade kommt und tut es auch, Mist, hinterher. Ich muss teilweise ganz schön in die Pedale treten, um mithalten zu können, die Haltestellen sorgen für Verschnaufpausen. Wo will die denn ganz hin, die kann doch nicht so weit weg von ihrer Bank wohnen, das ist unpraktisch. Mit dieser anstrengenden Ausdauersportaktion habe ich nicht gerechnet, aber gut zu wissen, dass ich noch recht fit bin. Oma ist bestimmt Miss-Marple-Fan, igendwie kommt das hier gerade ein bisschen so rüber. Nein, das kann nicht wahr sein, Oma steigt an der selben Bushaltestelle aus, an der sie eingestiegen ist, wir haben die City einmal großräumig umrundet, crazy, die Frau.

Jetzt muss ich langsam mal zuschlagen, also ihre Handtasche mit der heißbegehrten Kohle klauen, bevor sie in ihrem Gemach verschwindet, denn die wohnt hier bestimmt irgendwo in der Nähe. Los Meister, das Geld läuft vor dir, schlag zu. Gedanken, was passieren könnte, fließen durch meinen Kopf. Die Oma fällt hin und verletzt sich, ist dann vielleicht ihre verbleibende Lebenszeit ernsthaft geschädigt. Der Schock macht sie psychisch fertig, ein psychisches Wrack. Sie wehrt sich, das erregt Aufsehen, wie gefährlich, ich bin doch ehrlich. Danach werd ich auf der Flucht verfolgt und erwischt, wie peinlich. Dann komm ich in den Knast, wie schrecklich. Die Flucht ist sowieso das große Problem und außerdem, ich kann der Frau das nicht antun, was hat sie mit meiner Drogenscheiße zu tun? Ich lass Oma gehen, sie ist so süß, die Kleine, sie soll anständig weiterleben und nicht wegen meinem Wichsfickgeldkokspiss leiden. Die irre Stadtrundfahrt hat mich eventuell vor dem Knast gerettet. Danke Oma, du hast alles richtig gemacht.

Ich brauche Kohle, ich brauche Drogen. Papa hat manchmal seine Brieftasche auf dem Autodach liegen lassen und einmal hat er seine Umhängetasche mit Papieren und Geld beim Aussteigen aus dem Auto verloren, da ist er bestimmt nicht der Einzige. Zahlreiche Parkplätze steuere ich an, um dort auf die Suche zu gehe, ob jemand eine Brieftasche, Handtasche oder was in der Richtung verloren hat. Neben jedem Auto gucke ich, finde aber nichts, Shit. Ich bin verzweifelt und trete, mit dem Blick nach unten in die Gossen der Straßen gerichtet, den Heimweg an und bumsfallera, ich hatte die Suche eigentlich schon aufgegeben, da liegt sie in der Gossse, die Brieftasche. Der Typ, der sie vor meinen Augen verliert, als er aus dem Auto steigt, geht gerade gegenüber in ein Fleischereifachgeschäft. Nachdem ich die Brieftasche aufgehoben habe, schaue ich am selben Platz gelassen nach dem Inhalt. Ausweis, Tüddelkram und Geld, alles drin, perfekt. Allerdings kommt der Kerl schon wieder aus dem Laden, das ging schnell, tja, ohne Geld kein Frischfleisch! Ich stehe da immer noch neben seinem Auto und mir bleibt nichts anderes übrig, als dem Typen jetzt die Brieftasche lieb wiederzugeben, anstatt abzuhauen. Der Arsch bedankt sich nicht einmal, und ich steh doof da, sehr doof. Geld adieu, Droge adé, wichsen adieu. Als Ersatzdroge muss das lasche Nikotin herhalten, bis ich wieder Geld besitze. Durch ein Kawumm, gebaut aus zwei Papprollen vom Toilettenpapier und einem Kopf aus Aluminiumfolie, baller ich mir das Zeug zur

Beruhigung in die Lungen. Des Weiteren schmeiß ich ab und zu ein Paar Paracetamol-Tabletten rein, was das bringt, kann ich nicht genau sagen. Rumliegen, Depri fahren, mein Tag. Ist auch kein Tabak mehr verfügbar, wird mein Müll nach Kippen abgesucht. Aus denen fummle ich dann den Tabak raus und ziehe ihn mir durch's Kawumm rein. Der aktuelle Müllsack wird also auf dem Küchenfußboden ausgeleert und der Müll wird nach rauchbarem Material durchforstet. Wenn auch da nichts zu finden ist, suche ich draußen auf der Straße unauffällig nach Kippen, so weit bin ich schon gesunken, aber alles okay, alles super, Baby.

An den Wochenenden fahr ich rüber zu Mum und befriedige mich mit viel gutem Essen. Komisch, sie merkt gar nicht, wie kaputt und ausgelaugt ich bin. Auch alle anderen, die mir so über den Weg laufen, fragen nichts in Richtung Wohlbefinden, das wundert mich schon sehr, ich bin wohl ein guter Schauspieler! Meine Schwester hat so viel mit ihrem Job zu tun, wenn wir uns mal sehen, hat sie keinen Platz im Kopf, um überhaupt auf den Gedanken zu kommen, dass mit mir etwas nicht stimmen könnte, sie ist in punkto Busysein meinem Vater sehr ähnlich. Den Dozenten an der Hochschule scheint es auch egal zu sein, ob ich da bin oder nicht, sie fragen nicht, aus welchen Gründen ich immer weniger erscheine. Ich bin alleine, einsam, niemand kümmert sich um das sinkende Schiffchen am Horizont.

In der Hochschule auf dem Kopierer liegt ein Portmonnaie, aus dem ich fünfzig Gulden klaue und sofort zum Dealer fahre, der nicht da ist. Ich muss auf der Straße kaufen und fahre mit dem Rad in die Nähe des Rotlichtviertels, wo die Straßendealer herumlungern. Aus dem Nichts heraus werde ich von einem dunklen Dealer mit einem Messer bedroht, der damit erreichen will, dass ich bei ihm kaufe. Schweizer Taschenmesser am Hals, die Größe der Klinge erscheint ein bisschen lächerlich und ich bemerke die Blicke der anderen Dealer, die diese Aktion wohl nicht so witzig finden, und fühle mich dadurch etwas abgesichert. Er will mich nicht abstechen, die arme Sau braucht Geld für Heroin. Ich gehe einfach weg, er lässt mich gehen, und ich suche nach einem Dealer, der mir gefällt. Die Auswahl ist groß, ich sehe viele weiße Dealer, denen traue ich nicht. Da, aus einer kleinen Straße kommt ein sehr gepflegter und gut gekleideter modelmäßiger dunkler Typ, der gar nicht wie ein Dealer aussieht, sondern mehr wie einer aus dem Mode-Katalog von Joop, einfach schön, sicher und erhaben.

Was will der denn hier? Ich spreche ihn vorsichtig an, er verkauft Kokain, egal, muss ich halt selber Witt kochen, Ammoniak habe ich ja. Der Deal geht schnell über die Bühne und er gibt mir noch seine Telefonnummer.

Zuhause schaue ich mir das Bolletje an und mache es mit der Schere auf, es ist richtig groß für einen Fuffi und es ist ein schöner kleiner, großer Haufen Pulver, der da rauskommt.

Ein Esslöffel wird zur Hälfte mit Ammoniak gefüllt und das Kokain dazu gegeben. Danach halt ich die Flamme eines Feuerzeuges knapp unter den Löffel, die Suppe fängt schnell an zu kochen, die zähe, ölige Flüssigkeit steigt an die Oberfläche und erhärtet sich, nachdem ich das Feuerzeug wegnehme, ratzfatz. Mit Toilettenpapier sauge ich die Ammoniakrückstande ab und gebe das frische, noch etwas nasse Witt auf ein frisches Stück Toilettenpapier, um die restliche Feuchtigkeit aus der nun entstandenen Mini-Eisscholle herauszusaugen. Das ist richtig viel Witt, das heißt, die Qualität des Kokains war spitzenmäßig. Natürlich rauche ich gleich eine Pfeife. Das Zeug ist supergeil, ich bin Gott, ich bin wieder da. Mein Pimmel muss bedient werden, aber vorher noch eine

Putzattacke in der Küche, im Bad und in der Toilette, dann wird ein Porno gestartet, geraucht und gewichst, bis der Stoff nach fünf Stunden alle ist. Seit Neuestem kratz ich mir dann noch die Rückstände mit der Hälfte einer Nagelschere aus Papas Pfeife, die man praktisch durch Auseinanderschrauben in vier Teile zerlegen kann und rauch den Süff, der exzellent ballert, zum Wichsfinale.

Schon lange, bevor der Stoff alle ist, entstehen panische Gedankenfetzen. Ich brauche mehr Witt, ich brauche bergeweise Witt, ich will weiter wichsen, ich will die Fotzen der geilen Weiber sehen, will sehen, wie sie Megaschwänze blasen und gefickt werden, wie sie ihre weichen Schamlippen weit auseinanderreißen und ihre Löcher öffnen, weit öffnen, auch die Arschlöcher. Modellgesichter, Bikinifotzen und Ärsche, Traumfrauen aus der Hochschule und die geile Bedienung aus dem Coffeeshop ficken mein Gehirn. Wie Blitze kommen dazu immer die quälenden Gedanken, dass die Droge gleich alle ist, dass die Party vorbei sein wird und die endlos lange Depriphase vor dem Einschlafen bevorsteht, es ist die Hölle.

Ich belüge meine Mutter, erzähl von einem Unfall mit einem geliehenen Auto, brauche schnell eintausenddreihundert Gulden für die Werkstattrechnung. Ich bekomme das Geld, kaufe mir drei Gramm und wichs, inklusive Rauchpausen, gut fünfundreißig Stunden durch. Danach kaufe ich mir zwei Gramm und es geht vierundzwanzig Stunden weiter, mein Schwanz blutet, das Bändchen der Vorhaut ist gerissen und an der Stelle, wo der Daumen den Pimmel beim Wichsen festhält, ist die Haut durchgescheuert und brennt tierisch. Vaseline hilft mir, die Schmerzen zu lindern, bis ich nach gut zweieinhalb Tagen zu einem jämmerlichen Halbtod-Rentnerorgasmus komme und verhältnismäßig schnell einschlafe, kein Wunder, nach fünf Gramm bestem Witt und zweieinhalb Tagen Gewichse.

Einen zweiten Videorekorder leihe ich mir ab und zu von einer, die mich will. Sie ist total nett und auch hübsch, jung und knackig, eigentlich traumhaft, aber nicht die Frau, die mich so richtig irre und heiß macht. Das liegt an ihrer Figur, die nicht ganz den gängigen Modelmaßen entspricht, leider, und außerdem hat die mächtige Droge den Platz für anstrengende Beziehungsgeschichten, die ohne ständige Lügerei wegen meines Handycaps gar nicht funktionieren würden, voll belegt, sie hat mich gänzlich im Griff. Die Süße wartet auf mich und ich bräuchte Wärme und Geborgenheit, echte Liebe wäre gut. Ich mag sie ja, und nach einer romantischen Kennenlernphase würde ich bestimmt auch richtig heiß auf sie werden, das kommt dann ja automatisch mit der Liebe, wenn sie denn entsteht.

Mit dem geliehenen Videorekorder schneide ich mir die besten Szenen der bis jetzt aufgenommenen Pornos und von den Baywatchbikinisuperfotzen zusammen. Die kurzen Szenen wiederholen sich dann so zehn mal, das ist ganz schön viel Arbeit. Wie gesagt, Bikini oder Badeanzugpussys in Großaufnahmen. Zehn mal läuft Pams Arsch vor mir her und wird kleiner, oder sie kommt zehn mal auf mich zu in ihrem roten Badeanzug, bis die Pussy fast den ganzen Bildschirm einnimmt. Die geölten Silikontitten und ihr Gesicht find ich inzwischen auch faszinierend vollspritzmäßig geil und baue davon eine Schleife, die crazy macht. Von den anderen Bikinimodells, viele unterschiedliche Ärsche, Pussys und Gesichter, suche ich mir die Besten heraus und schneide ein buntes Festival mit den sich wiederholenden Szenen zusammen.

Ich bin mir sicher, die Pornopussys sind meist gut mit Koks und/oder Heroin gedopt, sonst ist so eine Tortur kaum auszuhalten und die männlichen Darsteller nehmen Koks, davon kann man lange ficken.

Der Nobeldealer ist des Öfteren in Amsterdam, und darum bleibt mir nichts anderes übrig, als bei anderen Homedealern Witt zu kaufen. Auf einem kleinen Papierfetzen habe ich eine Adresse, ich war da noch nie. Ich klingel und höre ein Krächzen und Knacken an der Tür, bevor sie von einem älteren Afrotyp geöffnet wird, der mich mit einem dicken Holzbalken in den Pranken horrormäßig empfängt. Nachdem ich den dunklen Flur betreten haben, wird der Balken zwischen Tür und gegenüberliegenden Wand als Bullenschutzsicherung geklemmt. Bedrohlich nähert sich der Faltige mir bis an die Nasenspitze und labert unlogische Scheiße, er hat ein Messer in der Hand und fuchtelt damit geisterbahnmäßig herum. Schon wieder so ne Messerscheiße, bloß, in diesem Fall weiß ich nicht, was der will. Nachdem er gemerkt hat, dass ich mir fast in die Hosen scheiße, lässt er mich durch und ich folge den Geräuschen der Stimmen in ein Wohnzimmer, in dem scheinbar eine Mulattenjungsdrogenparty stattfindet.

Ich sage, was ich will, und einer der Jungs, der coole Oberdealer, echt lächerlich, gibt mir vier pisskleine Bolletjes für hundert, so ein Kack, die sind mengenmäßig meist untergewichtig, die Straßenportionen, egal, ich brauch es schnell und geb ihm die Kohle.

Und jetzt so schnell wie möglich raus aus dieser Horrordrogenhölle. Ich gehe, nachdem ich mir zu Hause den Inhalt eines Bolletjes durch ein paar Pfeifen reingezogen habe und mich zwingen musste, nicht gleich mit der Wichserei anzufangen, zu meinem Freund Till, der das Zeug auch mal probieren will, und stelle dann fest, dass ich vom Teeniedealer verarscht wurde. Denn in dem ersten Bolletje, das ich bei Till öffne, ist pures Vitamin-C-Pulver, die anderen zwei sind qualitativ okay, mengenmäßig aber eine Frechheit. Ich drehe ganz wenig Witt in eine Zigarette und rauche sie mit Till. Er findet die Wirkung einigermaßen, dann besaufen wir uns mit Bier und kiffen hochwertiges Gewächshausgras, bis wir total platt sind.

Gute Musik von Bobby McFerrin hören wir dazu, Mann, ist das ein genialer Sänger und Musiker!

Till ist der einzige Freund, der von meinem Hang zum Kochkoks weiß.

Ein netter Jamaicadealer, der echt geil aussieht, sitzt in meinem Zimmer und ich frage ihn, weil er so rüberkommt, ob er rappen kann. Er verneint und wundert sich ein bisschen über meine Frage, die ja mit Drogen und so nichts zu tun hat. Der Kerl ist garantiert ein rhythmisches Supertalent und seine Erzeuger haben ihm, die für uns Nordeuropäer fremden Beatgene, logischerweise vererbt.

Mit dem E-Bass spiele ich einen flockigen In-den-Arsch-geh-Groove, ich kann es noch, und fordere den Tropentraummann auf, mal was Rappiges anzubieten. Er legt vorsichtig los und es ist wie erwartet so, als ob er es von der Pike auf gelernt hat, er improvisiert profimäßig ein paar Verse.

Kurz vergessen wir alles um uns herum, das tut gut.

Am Abend klingelt er bei mir und fragt, ob er zwei deutsche Mädels, die er irgendwo aufgelesen hat, mitbringen darf.

Na, das ist doch mal was anderes als Wichsen, mein Witt ist bald alle und das Geld sowieso, ich sage zu. Er schleppt zwei Durschnittstanten an, die offensichtlich wegen günstiger Drogen nach Groningen kommen, sie sind etwas lahm drauf. Wir sitzen herum, fragen, wer woher kommt, sie kommen aus Emden. Dann fragen die beiden Girls, ob ich was dagegen hätte, wenn sie sich eine Mischung aus Koks und Heroin spritzen. Ich habe nichts dagegen, sowieso alles egal, die sollen sich doch ihren Kick in der angenehmen Atmosphäre hier entspannt holen, viel besser, als wenn sie gezwungen wären, das irgendwo draußen zu machen wie

Junkies das nun mal tun, wenn es nicht anders geht. Denn das Zeug will, muss rein in die Venen, ins Herz und Hirn. Sie kochen sich gekonnt ihre Pulvermischung mit Asco – Ascorbinsäure, Vitamin C in Pulverform – hatte ich zum Glück noch im Küchenschrank, auf und setzen sich, nachdem sie den Stoff durch einen sauberen Zigarettenfilter in die Spritze gezogen haben, nacheinander einen Schuss. Ich merke, die zwei sind Profis und waren wohl schon drauf, als sie kamen. Sie verändern sich kaum, nur zufriedener sind sie jetzt. Habe vorher noch nie live gesehen, wie sich jemand einen Schuss setzt, es ist mitleiderregend. Der Dreadlockman und ich rauchen Witt.

Die Mädels probieren dann auch mal Witt durch meine Pfeife, können aber nichts daran finden. Schüchtern und niedlich wie ein kleiner Junge beginnt Dreadlockmann, sich der Tante, die neben ihm sitzt, zu nähern und streichelt ihr Bein, er will dort, wo sie am Körper enden, rein, das merken alle hier. Der macht das echt gut, so lieb und vorsichtig, als wenn er noch nie vorher eine Frau berührt hat. Die Frau ist die Königin, das höchste Gut, er muss vorsichtig sein! Da ja die zweite Dichtgedröhnte und ich nicht nur blöde zusehen können, wie die sich befummeln, setzen wir uns zueinander und machen es den anderen nach, bis Dreadlockman mich fragt, ob er in das andere Zimmer, das Zimmer von meinem Mitbewohner Jörg, der nicht da ist, er ist ja fast nie da, darf. Sowas gehört sich nicht, aber ich erlaube es. Mann, ist das lahm, die Frau hier hat echt keinen Pepp, ich muss alles selbermachen, steck ihr meinen Pimmel in den Hals und ficke sie danach, weil es sein muss, in Stellungen, die nicht so anstrengend für sie sind. Mein Witt ist alle. Als ich merke, dass ich keinen Orgasmus bekomme, lecke ich den Kitzler der Frau, bis sie zuckt und stöhnt wie eine Sterbende, dann schick ich sie nach nebenan, ich will in Ruhe schlafen.

Was liegt denn da auf dem Teppich, das gibt's doch nicht, da liegt ein Fuffi Bolletje Witt einfach so herrenlos rum, das hat Dreadlockman verloren und vermisst es nicht einmal. Na, dann kann ich es ja wegrauchen.

Rauchen, wichsen, rauchen, wichsen und so weiter bis zum Panik-Orgasmus. Nach der langen quälenden Einschlafphase schlafe ich bis mittags durch und als ich aufstehe, ist mein Besuch verschwunden, gut so. Jörgs Zimmer sieht okay aus, alles wie vorher, nur das Bett ist nicht gemacht.

Wie hatte Jörg das Bettzeug nochmal drapiert? Na ja, egal, ich klopf die Kissen locker und mache das Bett standardmäßig, wie in Hotels, zurecht.

Bei seiner nächsten Übernachtung merkt Jörg gleich, nachdem er sein Zimmer betritt, dass da wer im Bett am Werk war, er ist stinkesauer. Ich sag ihm, was war, er schüttelt den Kopf und kann nicht glauben, wie bescheuert ich bin. Ich kann es auch nicht glauben. Fast alles ist mir egal, nur Witt und wichsen ist wichtig.

35. Crack

April 98, ich brauche Hilfe, jemand, mit dem ich über mein Disaster reden kann, jemand, der mich rettet.

Was ist eigentlich der Unterschied zwischen Ammoniaklösung und Backpulver? Nicht das Dr. Oetker-Zeugs mit Zusätzen, sondern Backnatron, welches der Sänger und Pianist Herr Wecker benutzte, frage ich Jörg, als ich mit ihm in seinem goldenen Benz von Bremen Richtung Groningen durch das holländische Flachland fahre. Jörg ist der Meinung, dass die beiden Substanzen chemisch gesehen sehr ähnlich sind, fast gleich, beides starke Triebmittel, der Rest seiner Erklärungen zu diesem Thema sind mir zu hoch.

Jörg interessiert, warum ich das wissen will, ich sage dazu nichts. Ah, jetzt verstehe ich, in den USA verwenden sie zum Crackkochen Backnatron und bei uns Ammoniaklösung oder Backnatron. Witt ist also nichts anderes als Crack, ich bin cracksüchtig, ein Crackhead, eine arme Sau. Körperlich gibt es bei mir keine Anzeichen des Verfalls, aber im Kopf sind die Synapsen, die Verbindungsstrecken im Hirn, wie kleine Straßen nach einem Erdbeben chaotisch zerstört, die normale Nutzung ist unmöglich. Lange und aufwendige Reparaturarbeiten sind zu bewältigen, bevor hier der Verkehr wieder normal fließen kann. Crackjunkie, ich bin ein Crackjunkie und dazu pornosüchtig, Alter, das bin ich. Drogenkack, das Nikotin und die anderen trickreichen Substanzen der Zigaretten, vom Suchtfaktor mit Alkohol, Heroin und

Kokain fast gleichzusetzen, waren der Start des Belohnens durch Gift. So einer wie Jörg, der hier neben mir im Auto sitzt und noch nie irgendeine Droge angerührt hat, wie belohnt der sich? Vielleicht wie beim Pferd oder Hund, gibst du den anfangs für jede Leistung ein Leckerli, was sehr einfach und effektiv ist, sind sie ohne nicht zu händeln. Gibst du ihnen für ihre Leistung nichts Materielles, sondern ein liebes Wort, lassen sie sich auch gut händeln, kompliziert ... Jörg belohnt sich auf jeden Fall irgendwie ohne Drogen, er wird durch anderes oder andere belohnt, sonst wäre er ja depressiv und nicht zufrieden.

Ich sitze hier neben ihm und mir brennt es auf der Zunge, sage ich ihm, was mit mir los ist? Löse ich vielleicht eine unwiderrufbare Hilfsaktion aus, oder ist es ihm wurscht?

Ich traue mich nicht und lasse die Zeit vergehen, und wie das so bei mir ist, kommt es von alleine, die Schranke wird geöffnet, keine Bremse bremst mehr, ich erzähl ihm von dem Drogenproblem, von meinem Crackkonsum, nicht von dem Sexkram, das geht ganz schnell und tut gut. Er hört genau zu und fragt nichts. Wir fahren weiter Richtung Groningen, wo die Parallelwelt auf mich wartet.

Bei dem Kifferdrummer, der, von dem ich die Wohnung übernahm und dessen Mutter vor Kurzem gestorben ist, habe ich mir ganz locker tausendvierhundert D-Mark geliehen.

In seinem erbärmlichen Trauerzustand konnte er nicht Nein sagen und hat die frische Erbschaft, von der ich wusste, angezapft, das hatte ich mir so erhofft. Was heißt ganz locker geliehen, ich hab das Geld mit ihm persönlich in Hamburg von der Bank geholt und musste dann netterweise zwei Tage mit ihm und seinen komischen Kumpels rumhängen, konnte ja nicht das Geld nehmen und Tschüss. Er wunderte sich, dass ich so schnell wieder nach Groningen wollte und nun bin ich nach meiner Outingfahrt mit Jörg, der mich von Hamburg kommend am Bremer Hauptbahnhof mit seinem goldenen Benz aufpickte, wieder dort. Mit einem Teil des geliehenen Geldes kauf ich mir auf einen Schlag drei Gramm Crack und baller mich in die Pornolandschaft. Es ist echt alles um mich herum wie ausgelöscht, ich bin alleine auf der Welt und irre getrieben von Geilheit durch den hellen Wichswald, der nicht aus Bäumen, sondern aus sexy Frauen besteht. Die ist geil, wichsen, wichsen, ungeduldig eine Crackpfeife reinziehen und zur nächsten Fickfotze, Mann, das ist so geil geil geil! Irgendwann, als mich die Kräfte schon verlassen, steigere ich die Crackdosis, um in Fahrt zu bleiben, es ist noch genug da von den kleinen göttlichen Brocken. In der Pfeife, die ich jetzt gleich rauche, liegt auf der Asche richtig viel bestes Crack, so viel hab ich noch nie mit einem Zug weggeballert, vielleicht sterbe ich daran. Ja, ich denke, dass ich von der Dosis einen Herzstillstand bekommen könnte und dann tot in dem Bett vor dem Fernseher liege. Etliche Pornovideokassetten liegen auf dem Fußboden rum und auf dem Nachttisch, ein mit Asche übersäter Hocker, liegt die Crackpfeife, steht ein Aschenbecher und in einem kleinen französischen Teebeutelschälchen aus Glas befindet sich das Crack gleich neben der Pfeife. Ach ja, da liegt auch noch das Kawumm aus zwei Toilettenpapierrollen mit Alupfeifenkopf Marke Eigenbau, das beschert oder bescherte mir zwischendurch einen wummernden Nikotinkick.

Ich rauch die Megadosis, mir ist alles egal, und muss lange ziehen, bis die Brocken gänzlich verbrannt sind, ich will alles. Wie eine große, warme und mächtige Windböe entert der Qualm meine Lunge, das Herz pumpt mit aller Kraft, um das Gift im Körper verteilen zu können, es ist an der Leistungsgrenze. Sterb ich jetzt, war das zu viel, ist es vorbei? Wie angenagelt lieg ich voll bis obenhin eine Weile gerade im Bett und warte, was passiert. Ich bin nicht gestorben, sterbe nicht, also kann ich so langsam weiterwichsen. Ich kann einfach nicht aufhören mit der Party, die eigentlich schon abgefeiert ist und nach einer großen Pause verlangt. Es macht keinen Spaß mehr.

Die Droge ist der Kapitain und hat das Ruder unter seiner Kontrolle. Ich bin nur der Gast auf dem Schiff mit Kurs durch den feuchtwarmen und muffigen Wind Richtung Wahnsinn. Die Verpflegung aus der Bordküche besteht aus leckerem giftigem Crack, stundenlang, tagelang wird der Körper damit gefoltert und will dennoch mehr, die Venen und Arterien schmerzen schon wie angerissene Takelage.

Als das Zeug alle ist, schlafe ich diesmal sofort ein.

Beim Deal am nächsten oder übernächsten Tag, ich weiß es nicht genau, fliegt mein Gramm Crack, welches eben noch auf der Waage lag, wo aber der Dealer erschrocken dagegen knallte, durch den Raum, weil die Drogenkunden plötzlich blitzschnell Messer in der Hand halten und dann hektisch durcheinander diskutieren. Es geht um einen geklauten Videorekorder, der da auf dem Tisch steht. Auf einmal Bullenalarm, wir müssen schnell hier weg. Mein Witt ist futsch, aber ich bin trotzdem ganz froh, da heile aus der Bude rausgekommen zu sein, mein Körper ist sowieso am Ende seiner Kräfte, setze ich halt einen Tag aus, esse mal wieder was Anständiges im Surinam Laden und versuche morgen, mein verflogenes Grämmchen einzufordern, was dann zum Glück auch wie selbstverständlich klappt.

36. Bye Bye

Jörg ist ausgezogen, das ging in fünf Minuten über die Bühne, er muss nur noch ab und zu nach Holland kommen, um seine Abschlussprüfungen an der Hochschule abzulegen. Aber als Lift nach Deutschland und zurück steht er mir glücklicherweise noch ab und an zur Verfügung, ich muss ihn dann in der Hochschule abpassen, um heraus zu bekommen, wann er fährt, was mir gar nicht gefällt. Wir sitzen im Auto von Groningen nach Bremen, als er erzählt, dass er sich über diese Drogensache informiert hat. Er ist sichtlich entsetzt. Er weiß inzwischen, dass Crack voll die heftige Droge ist und macht sich große Sorgen um mich. Jörg setzt mir eine Frist. Wenn ich am nächsten Wochenende meiner Mutter nicht erzähle, was abgeht, verpetzt er mich bei ihr, Punkt, Ende der Durchsage.

Der Strom in meiner tollen Wohnung wurde abgestellt, nun steh ich ohne Pornofilme-Gucken da, irre abends mit Kerze durch die Räume und wichse im Halbdunklen angecrackt auf Magazinbilder ab. Der Countdown zur Obdachlosigkeit ist ausgelöst, das Ende naht, ich bin ganz unten. Wenn man einen guten Blues spielen will, braucht man sowas, richtig fertig und kaputt am Abgrund stehen. Der Blues kann mich mal, mein Hirn fördert gar nichts Kreatives mehr zu Tage. Die einzige Kreativität meines Hirns besteht darin, Geld für Crack zu organisieren und die zahlreichen Wichsvorlagen effektiv auf dem Klamottenschränkchen, vor dem ich dann im

Stehen wichse, auszubreiten. Vor dem Orgasmus und nach der letzten Pfeife leg ich mich ins Bett und stell mir eine geile Szene vor, alle Muskeln arbeiten und kämpfen krampfhaft, bis ich schweißgebadet komme.

Jörg hat mich wieder mitgenommen nach Deutschland. Ich weiß, wenn ich dieses Wochenende Mum nicht von meinen heftigen Drogenproblemen erzähle, verpetzt er mich höchstwahrscheinlich. Es ist Donnerstagabend und Mum guckt Fernsehen, ich sitz da auch und es geht mir durch den Kopf, was passiert, wenn ich ihr die Sache jetzt erzählen würde. Für Mum würde eine Welt zusammenbrechen, das ganze Universum, ein umgekehrter Urknall, ein tiefer Stich in das Herz. Sie hat ja noch mit dem Tod von Papa und Oma zu kämpfen, und dann enttäuscht ihr Sohn sie auch noch maßlos und bereitet ihr großen Schmerz. Ich liebe sie, sie liebt mich, lässt sie mich fallen, wenn ich jetzt beichte?

Ich schaffe es nicht, ich bringe es nicht übers Herz, ihr zu erzählen, was los ist, morgen versuch ich es nochmal.

Freitag klappt es nicht, Samstag klappt es auch nicht.

Letzte Chance Sonntag, ich schaffe es nicht, es ist zu heftig, ich kann ihr nicht aus heiterem Himmel so wehtun.

Zurück in Holland, mache ich weiter wie gehabt, Crack besorgen, wichsen, danach Depriphase und alles wieder von vorne.

Der Käfer liegt auf dem Rücken.
Die Krabbe gefangen im Netz.
Die Fliege im Milchkaffee.
Die Kuh im modderigen Graben.

Jörg weiß, dass ich es nicht geschafft habe, meiner Mutter die Beichte abzulegen – ob er mich nun verpetzt? Darüber mache ich mir keine Gedanken, nicht die geringsten, in meiner Welt ist kein Platz dafür, es geht allein darum, die Sucht zu befriedigen. Ich weiß das. Aber ich kann nicht anders.

Die nächste Reise nach Deutschland, ich muss da hin, ich habe Hunger, mein Körper verlangt nach Pausen. Jörg drängt mich auf der Fahrt, dieses Wochenende reinen Tisch zu machen, ansonsten lässt er endgültig die Bombe platzen. Ich schaffe es aber wieder nicht. Es geht einfach nicht. Jörg nimmt mich Montagmorgen wieder mit nach Groningen und fragt, ob ich mit meiner Mutter gesprochen habe.

»Nein«, er registriert es nickend.

Keine Ahnung, aber irgendwie habe ich immer wieder Geld für Crack und ballere mein schlechtes Gewissen schnell in weite Ferne. Gegen die Kraft der Droge hat das Gewissen absolut keine Chance.

Er hat es getan. Jörg hat mit meiner Mutter telefoniert, ihr von der Drogenscheiße erzählt, und er hat mit dem Hochschuldirektor gesprochen, der mich zu einem Gespräch bittet, bei dem er mir mitteilt, dass ich meine Zelte hier abbrechen und schleunigst nach Hause zu meiner Mutter übersiedeln soll. Er sagt noch, wie es sich mit den Drogen hier in Holland so verhält, jeder weiß, wo sie zu haben sind. Die Entscheidung, ob man sie nimmt, trifft jeder selbst, dann verabschiedet er sich freundlich.

Die Präventionsarbeit zum Thema Drogen ist in Holland hervorragend gut gestaltet, jeder kennt die Vor- und Nachteile der glücksbringenden Substanzen. Es wird keine Angst verbreitet, sondern sachlich über die gängigen Drogen aufgeklärt. Was ist das für eine Substanz, wie wirkt sie, wo kommt sie her? Geschichtliche Aspekte werden angesprochen, ist die jeweilige Droge legal oder nicht, wie sind die Konsequenzen, wenn man beim illegalen und gewerbsmäßigen

Handel hochgenommen wird? Danach wird kurz und präzise erklärt, was passiert, wenn man in eine Sucht verfällt. Fazit: Entscheide selber, ob du die Droge probierst. Ich habe mich leider falsch entschieden, nur einmal Probieren hat gereicht, um mich dahin zu bringen, wo ich jetzt bin, in der Scheiße.

Als ich Mum gegenüberstehe, sagt sie mir zutiefst schockiert und mit Tränen in den Augen, dass sie mit Jörg und dem Hochschuldirektor telefoniert hat, und dass sie mich am liebsten gar nicht aufnehmen würde. Sie ist nun einmal meine Mama, sie kann nicht anders, als mir zu helfen, sie liebt mich. Das sagt sie natürlich nicht, aber ich weiß es. Sie ahnt wohl, dass ich selbst verloren bin. Nur der Schmerz, den ich ihr bereite, bringt mich überhaupt noch auf die Idee, die Droge nicht mehr konsumieren zu wollen. Freunde oder irgendwelche Drogenberater würden mich nicht dazu bringen, etwas an meiner Situation zu ändern.

Mum ist sachlich und empfiehlt erstmal, den Umzug zu ihr zu organisieren. Ich leihe mir von meinem ehemaligen Musikschulchef und Chorleiter das Auto, einen Opel Omega, der hoffentlich groß genug ist, um alles, was ich in Groningen habe, auf nur einer Tour nach Deutschland zu schaffen. Mit teilweise einhundertachtzig Kilometer pro Stunde ballere ich los und bin nach zwei Stunden in Groningen, Rekord. Ich kaufe dort erstmal ein Fuffi Crack, es soll das letzte Mal sein. Dann rauche ich in meiner Wohnung erstmal zwei Portionen, wie geil und scheiße, und verstaue meine sieben Sachen im Auto. Alles passt rein, auch der Rest Crack, den ich in einem Sack mit fünf Kilo Reis versteckt habe.

Mein Nachmieter, ein Gitarrist, erscheint pünklich, und ich überreiche ihm die Schlüssel.

Bye bye Groningen, bye bye Holland, bye bye Studium, bye bye Drogenparadies.

Bei Bad Zwischenahn auf einem Parkplatz rauche ich gerade eine kleine Menge Crack, als die holländische Militärpolizei auf den Parkplatz fährt und hinter mir parkt. Jetzt bin ich am Arsch.

Nichts passiert, die sind nicht wegen mir hier, fahren schon wieder weg.

Mum will natürlich wissen, was ich da für einen Scheiß verzapft habe, ich soll es ihr erklären und ich versuche es auch. Da sie keine Ahnung von illegalen Drogen hat, versteht sie, glaube ich, so gut wie nichts. Hasch, Koks, Crack, Heroin, LSD, alles ist dasselbe für sie, halt gemeine Drogen. Dass ich nach irgendwas süchtig war, versteht sie schon, denn sie kann ja nun sehen und auch fühlen, was das Zeug mit mir gemacht hat: Ich bin leer wie ein ausgetrockneter Fluss. Bis vor ein paar Tagen war ich ihr lieber, ehrlicher und zuverlässiger Sohn, der es geschafft hat, an einer Musikhochschule zu studieren und alleine im Ausland ohne Probleme klarzukommen. Stolz ist sie gewesen. Das Vertrauen in mich ist vorerst zerstört, wen wundert's. Ich vertraue mir selbst nicht mehr. Der Rest vom Crack ist alle und ich bin absolut pleite. Jetzt sitze ich in Bundeswehrklamotten und bewaffnet mit einer Luftpistole von Papa, gegenüber dem nahegelegenen Aldi Markt, in dem dunklen Eingang vor einem leeren Geschäft, und brauche Geld für Koks.

37. Aufhören

Ich höre auf mit dem Crackrauchen und auch mit dem Pornogewichse.

Ein wenig Geld ist mit Gartenarbeit bei Bekannten leicht zu verdienen. Noch zwei- oder dreimal kaufe ich mir von einem gambianischen Dealer Kokain und koch mir das Zeug zurecht. Der Stoff hier in Deutschland ist die Verarschung hoch zehn, erstmal viel zu wenig fürs Geld, und dann bleibt nach dem Kochen nur ein Furz Crack über, also ist das Zeug auch noch gestreckt wie blöd. Das macht keinen Spaß, ich lasse es sein, das ärgert mich zu sehr.

Eine Idee, wie ich ohne Geld an etwas mehr Kokain komme, geht mir durch den Kopf, und ich will gleich mal los.

Wenn der Gambianer das Kokain holt, geht er immer erstmal um dieselbe Straßenecke und geht dann nach kurzer Zeit mit der Ware wieder zum Kunden, das habe ich auch schon andere Male beobachtet, als ich noch kein Kunde war. Also kann der Stoff nur irgendwo in der Parallelstraße versteckt sein, weil es da Vorgärten gibt, die zum Drogenbunkern gut geeignet sind. Ich gehe dahin und überlege, an welchem Platz hier mein Versteck wäre. Ich erahne die Stelle, sie ist magnetisch. Ein Vorgarten mit etwas Rasen und einem flachen Busch, eingefasst von einer niedrigen Mauer.

Ich gehe da zielstrebig hin und meine Hand greift im Vorbeigehen unter den flachen Busch und bekommt eine leicht zerdrückte Benson & Hedges Zigarettenschachtel zu fassen. Da ist was drin, schnell weg hier, wenn der Typ mich erwischt, wird es eng. Auf einem Schulhof in der Nähe sehe ich mir aufgeregt den Inhalt der Kippenschachtel an. Neun kleine Plastikkugeln à fünfzig Mark Kokain sind die Beute! Ich kann es kaum glauben, ich bin ja besser als ein Drogenhund! Zu Hause mache ich alle Kügelchen auf und wiege den gesamten Inhalt. Ein knappes Gramm, das gibt es doch wohl nicht, der Grammpreis liegt dann bei unglaublichen vierhundertfünfzig D-Mark, ein Wahnsinns-Straßenpreis, eine Frechheit. Ich koche das Zeug und verbringe die Nacht mit Rauchen und Wichsen.

Aber es ist nur noch eine Qual.

Abspann

Nach dieser beschissenen Nacht reicht es mir, ich werde ab heute aufhören mit dem Scheiß. Über zwei Jahre Sucht und mehr als fünfzigtausend Mark in Form von Crack durch die Lunge im Körper verteilt, genug.

Ich werde mir, auch wenn ich Geld habe, kein Crack mehr kaufen. Und ich beende diese krankhafte Wichserei.

ICH WILL NICHT MEHR.

Langsam wieder Fuß fassen, ganz ohne Drogentherapie. Fließbandjob bei Fresenius-Medical-Care, Gartenarbeit, Fliesenlegergehilfe oder Aushilfskoch – egal.

Ich liebe meine Mum und meine Schwester. Nur sie wissen, dass ich abgestürzt bin. Sie werden mir helfen.

Ich würde Angebote bekommen, als Bassist in diversen Bands agieren, ich wäre wieder auf dem Markt und könnte mir aussuchen, mit welchen Verrückten ich meine musikalische Karriere wieder starten möchte. Die Musikschule, an der ich vor meinem Holland-Studium gearbeitet habe, stellt mich vielleicht wieder als Bass- und Bandlehrer ein. Ich war echt gut, damals, vor dem Absturz. Ich hatte immer einen Schlag bei Frauen, ich würde mich jetzt trauen.

Jetzt endlich kriecht die Sonne hinter den Wolken hervor und nimmt mich auf in das klare Paradies der Liebe.